La garde et le duc

MARCELLA BELL

La garde et le duc

Traduction française de
ERWAN LARHER

AZUR

HARLEQUIN

Collection : Azur

Titre original :
PREGNANT AFTER ONE FORBIDDEN NIGHT

HARPERCOLLINS FRANCE
83-85, boulevard Vincent-Auriol, 75646 PARIS CEDEX 13
Service Lectrices — Tél. : 01 45 82 47 47 - www.harlequin.fr
ISBN 978-2-2804-6782-7 — ISSN 0993-4448

Composé et édité par HarperCollins France.
Imprimé en mai 2022 par CPI Black Print (Barcelone)
en utilisant 100% d'électricité renouvelable.
Dépôt légal : juin 2022.

FSC
www.fsc.org
MIXTE
Papier issu de
sources responsables
FSC® C159065

Pour limiter l'empreinte environnementale de ses livres, HarperCollins France s'engage à n'utiliser que du papier fabriqué à partir de bois provenant de forêts gérées durablement et de manière responsable.

1.

Pour la première fois de sa vie, Sebastian accorda un second regard à un autre être humain.

Elle portait l'uniforme bleu foncé de la garde royale, qui masquait ses formes. Ses cheveux noirs étaient attachés en une simple tresse basse qui se balançait dans son dos.

Elle avait de grands yeux en amande, un nez droit à l'extrémité légèrement arrondie, une bouche large d'un rose crépusculaire. En fait, si elle n'avait pas eu des sourcils épais, du genre de ceux qui peuvent catapulter un mannequin vers une renommée internationale, il n'y aurait eu absolument rien de particulièrement remarquable dans son allure.

Mais ce n'était pas son physique qui retenait l'attention de Sebastian.

Il était à la tête des services secrets de l'île de Cyrano, peut-être parce qu'il possédait un don pour voir sous la surface des choses et des gens, la capacité de ne pas se laisser abuser par les apparences. Et il s'était retrouvé pris au piège de cette femme dès qu'il avait posé les yeux sur elle. Il décelait en elle une lumière aveuglante, et ressentait le besoin impérieux et irrésistible de plonger dans cette clarté intense faite de bonté, d'espoir et de bienveillance.

C'était la première fois que quelqu'un parvenait à le distraire de l'exercice de ses fonctions.

Heureusement, si Sebastian avait appris quelque chose

dans la vie jusqu'à présent, c'était que tout ce qui brille n'est pas or. Regarder plus profondément, en apprendre davantage atténuerait à coup sûr la lumière qui l'éblouissait. Et avec les femmes, il avait une technique encore plus directe : il n'avait rien trouvé de plus efficace pour diminuer son intérêt initial que d'avoir des relations sexuelles. La connaissance intime de l'autre ternissait rapidement les illusions.

Il n'ignorait rien de cette femme, puisque contrôler les dossiers de tous ceux qui de près ou de loin approchaient le couple royal de Cyrano constituait la base de son métier. Et il était persuadé que, aussi dévouée soit-elle, elle n'était qu'une humaine comme les autres. Garder cela à l'esprit faisait partie du job, tout comme rester impénétrable et avoir toujours une longueur d'avance.

Or, en cet instant, Sebastian était tout sauf impénétrable, car le feu intérieur de la jolie garde royale avait fait fondre ses défenses. Ce qui était intolérable. Et devait être corrigé au plus vite.

En la regardant, il avait l'impression que si elle décidait de diriger sur lui ses rayons de bonté, il pourrait se désintégrer comme un vampire à la lumière du soleil. Ou, pis encore, il pourrait être écorché, mis à nu, se retrouver sans aucun endroit où se cacher.

Elle s'appelait Jenna Noelle Moustafa et était cyranaise de souche et membre du Prieuré, une minorité religieuse implantée de longue date sur l'île. Si Sebastian avait déjà examiné son dossier au moment de lui attribuer son affectation, il ne l'avait jamais rencontrée en personne.

Mais il le ferait. Dans l'heure, décida-t-il alors.

Avec sa collègue et amie, le capitaine Helene d'Tierrza, Jenna assurait la protection rapprochée de la reine de Cyrano ; elle travaillait en solo ce jour-là, car sa partenaire était l'hôtesse du gala de charité auquel ils assistaient. Et même si elle avait l'appui de l'ensemble de l'équipe de sécurité royale, Sebastian constatait que Jenna avait la situation bien en main.

Toute son attention était concentrée sur la reine, qu'elle surveillait avec un mélange d'adoration et de professionnalisme qui allait au-delà de ce que réclamait sa fonction, presque comme si elle protégeait une sœur. Cela se voyait non seulement dans son regard, mais aussi dans la façon dont son corps restait en équilibre, toujours prêt à bondir vers la défense, l'attaque ou le sacrifice.

Elle ne gardait pas sa reine, elle gardait son amie.

Depuis l'autre côté de la galerie bondée, Sebastian pouvait presque sentir le dévouement et l'engagement de Jenna. Et il voulait désormais qu'elle concentre sur lui la même attention ; voire plus…

La reine accepta un délicat amuse-bouche proposé par un serveur, et Jenna lui dit quelque chose à l'oreille. La reine laissa alors échapper le rire franc et ouvert qui participait à sa popularité – contrairement aux aristocrates de naissance, elle ne se contentait pas de pouffer derrière sa main.

Le roi Zayn ne l'avait pas choisie, mais il n'aurait pas fait un meilleur choix par lui-même. À trente-six ans, il avait appris que son père, le feu roi Alden, l'avait fiancé avant même sa naissance à la fille de l'homme qui avait sauvé la vie de sa femme.

Belle, incroyablement intelligente, la reine Mina était parfaite pour ce rôle. Le roi était fou amoureux d'elle, et Sebastian comptait bien utiliser cet attachement passionné pour approcher Jenna Moustafa : s'il fourrait Zayn dans les pattes de Mina, cette dernière n'aurait plus besoin de protection rapprochée ; et Jenna serait abordable…

— La reine Mina est ravissante, cet après-midi, murmura-t-il au roi.

Le regard violet de celui-ci se posa sur sa femme et s'illumina d'une lueur gourmande.

— En effet. Et elle a besoin d'une pause. Elle a été très demandée cet après-midi.

Le roi Zayn se dirigea vers elle, ainsi que Sebastian l'avait imaginé. Il sourit : c'était presque trop facile. Il aimait quand les choses se passaient comme prévu. Et il aimerait la sensation de retour à la normale après avoir séduit Jenna. Une fois suffirait. Coucher avec elle désamorcerait sa soudaine curiosité envers elle et la rendrait ordinaire. Ensuite, ses défenses à nouveau impénétrables, il pourrait l'oublier. Et redevenir le play-boy le plus célèbre de Cyrano, briseur de mariages et pilleur de cœurs.

Tout espion avait besoin d'une couverture, et avec son histoire familiale – les infidélités de sa mère étaient de notoriété publique –, il était naturel que la sienne soit celle d'un casanova mufle et sans cœur. Il s'était fait connaître davantage pour apprécier l'hédonisme que pour son intelligence ou son dévouement.

Aux yeux de la société, il était donc l'opposé exact de Jenna.

Elle était une garde royale qui ne jurait que par son devoir et, en tant que membre du Prieuré, elle était dévouée et fidèle à son éducation religieuse. Elle avait d'ailleurs stipulé dans son dossier d'embauche qu'elle souhaitait bénéficier du jour de repos hebdomadaire du Prieuré et des jours fériés importants. Cette minorité religieuse assez conservatrice, centrée sur la famille, était connue pour encourager la chasteté avant le mariage et rejeter beaucoup des plaisirs modernes auxquels s'adonnaient volontiers les hommes comme Sebastian.

Aucune femme ne lui avait jamais résisté. Celle-ci ne ferait pas exception. La lumière intérieure de Jenna Moustafa l'attirait comme une flamme attire un papillon de nuit. Il était tenté de s'approcher, de sortir de l'ombre, ce qui menacerait à la fois de révéler et de détruire les ténèbres dans lesquelles il évoluait.

Il avait fait le vœu de protéger la nation et ses monarques, et aucune distraction personnelle ne pouvait prendre le pas sur cela, surtout pas quelque chose d'aussi superficiel et fugace qu'une attirance – même une attirance sans précédent.

Il devait donc agir vite.

Le roi rejoignit les deux femmes, et Jenna s'écarta de la reine. Ses lèvres pincées révélaient qu'elle n'était pas contente d'être en quelque sorte relevée de sa mission de protection, fût-ce par le roi lui-même. Depuis que ce dernier avait donné un coup de poing au fils d'un chancelier qui s'était montré grossier envers la reine, le fait que celle-ci n'avait pas besoin de garde du corps quand son mari était à proximité était devenu une blague.

Le roi se pencha pour murmurer à l'oreille de la reine, dont les joues rosirent. Elle fit un petit signe de tête, puis son époux la conduisit à l'écart.

Alors, Sebastian se dirigea vers Jenna, en espérant que la lueur de triomphe dans ses yeux n'ait pas l'air trop prédatrice. Il intercepta la jeune femme alors qu'elle suivait les monarques à bonne distance à l'intérieur du manoir des d'Tierrza et se positionna de façon qu'elle se heurte à son épaule.

— Mes excuses, Votre Grâce.

Elle avait prononcé ces mots machinalement, avec une légère inclinaison du buste, raide et formelle, les yeux rivés au sol. Cette déférence impersonnelle irrita Sebastian. Il voulait voir ses yeux.

— Oui, eh bien, si vous aviez regardé où vous alliez…

Il avait parlé d'une voix traînante, avec le léger accent aristocratique avec lequel il devait être né, tout comme le sourire victorieux qu'il employait pour obtenir ce qu'il voulait depuis qu'il était enfant.

Alors, elle leva les yeux vers lui.

Jusqu'à cet instant, les choses s'étaient déroulées selon le plan de Sebastian.

Soudain, tout dérailla.

Le regard de Jenna le figea. Et le déchira en deux. Étonnamment ouvert et limpide, il n'exigeait rien de moins que la vérité totale. Ses yeux marron foncé étaient si profonds qu'il était tentant d'imaginer qu'elle voyait des choses que les autres ne voyaient pas, qu'elle pouvait lire à travers ses masques jusqu'au cœur de sa personne. Mais il résista à la tentation de le croire : Jenna Moustafa n'était pas plus consciente de ses multiples apparences et personnalités que les autres invités présents au gala de charité.

Ses pommettes rosirent, et ses lèvres s'entrouvrirent ; la confusion obscurcit son regard tandis que ses pupilles se dilataient alors qu'elle aspirait une petite bouffée d'air. Sebastian comprit que son charme agissait déjà. Un frisson de triomphe le traversa.

— Je vous renouvelle mes excuses. Je ne vous avais pas vu, dit-elle d'une voix douce, aussi musicale, authentique et claire que son regard.

— Je vous pardonnerai de ne pas m'avoir remarqué une fois. Mais pas deux.

Ses mots la surprirent à nouveau, suffisamment cette fois pour attirer son attention. Vraiment l'attirer. Au lieu de le balayer du regard avant de retourner à sa mission, elle le regarda. Et elle le *vit*. Ses pupilles se dilatèrent, et ses yeux se plissèrent.

— Je suis désolée. Je ne comprends pas.

— On est dans le même bateau alors.

La confusion la plus totale marqua ses traits délicats.

— Excusez-moi ?

— J'aimerais pouvoir. Mais ce serait comme excuser le soleil qui se lève et donne vie au chaos. Impossible.

— Quoi ?

Elle n'avait visiblement aucune idée de ce dont il parlait, ce que Sebastian comprenait tant ses propres paroles lui semblaient absurdes. Mais, il ne pouvait pas s'en empêcher : cette femme, par sa simple présence, faisait de lui un être insensé.

— Je me sens attiré par vous avec une intensité que je ne peux m'expliquer, Jenna Moustafa.

Elle leva un sourcil narquois et se détourna de lui.

— Très drôle, lui jeta-t-elle.

Pendant un instant, il se sentit complètement à la dérive, ainsi abandonné. Le contact avait été coupé d'un coup, et son esprit était devenu vide, avait cessé de traiter les données, comme s'il se retrouvait dans une pièce entièrement blanche, sans fenêtres ni portes.

Puis, aussi brutalement qu'il avait été éjecté du monde réel, il fut replongé dedans – la foule, la musique, les rires, les gens riches et importants de Cyrano… et Jenna. Jenna dont il tenait le fin poignet, tandis que d'étranges sensations tourbillonnaient dans tout son corps.

Elle avait commencé à se détourner de lui sans un regard. C'était normal : elle était membre de la garde royale et en service ; elle n'était pas là pour écouter un aristocrate cynique lui tenir des discours fumeux.

Mais au moment où elle tournait les talons, une force étrange s'était imposée à Sebastian, une réaction inconnue : il avait paniqué. Et, sans s'en rendre compte, il avait tendu la main vers elle pour lui prendre le poignet.

Elle regardait d'un air surpris la main de Sebastian qui enserrait la sienne. Rien de tout cela n'était prévu dans son plan. Il allait devoir improviser. Mais cela aussi il savait le faire.

Jenna croisa son regard. Il y lut cette même détermination à protéger et à servir, mais cette fois il s'agissait de lui.

À ce moment-là, elle était à lui. Il le savait. Elle l'ignorait.

— Vous allez bien ? demanda-t-elle en scrutant son visage.

La vérité était une arme. Il le savait mieux que quiconque ici. Et même si une petite voix intérieure un peu éraillée le suppliait de se retenir, il l'ignora.

— Non, répondit-il.

Cette syllabe brute et rugueuse avait été comme arrachée de lui. Ce n'était que la vérité.

Et comme toujours, sa flèche trouva la cible. De nouveau, il lut la confusion dans le regard de Jenna. Aussi soudainement qu'ils étaient partis en vrille, ses plans étaient de nouveau sur les rails. Tout ce qu'il avait à faire désormais était de dire la vérité absolue, de révéler à quel point il était atrocement vulnérable face à elle, à quel point elle le fascinait, à quel point il était impuissant face à son besoin d'être près d'elle. Tout ce qu'il avait à faire, c'était lui montrer qu'elle avait le contrôle total de tout ce qui se passait entre eux.

— Comment puis-je vous aider ? demanda-t-elle sans pouvoir masquer sa bonté naturelle.

— Venez avec moi dans la bibliothèque.

2.

Dans la bibliothèque ?

L'instinct de Jenna la mit en garde, avec une voix qui lui rappelait étrangement celle de sa mère. Au cours de sa formation militaire, elle avait développé un sixième sens qui l'avertissait des dangers. Et il venait de se réveiller, comme si elle se trouvait sur un champ de bataille et non à côté de l'un des plus beaux hommes du pays, entourée de personnalités qui festoyaient.

Peut-être était-ce parce que, dans le même temps, son instinct percevait une puissante force sourdre de cet homme, une sorte de courant qui lui interdisait de repousser cet aristocrate au seul motif que son occupation favorite était, comme tout le monde le savait, de séduire les femmes.

Les exploits amoureux de Sebastian Redcliff étaient tristement célèbres ; la plupart, tellement scandaleux qu'on se demandait quelle était la part de légende dans sa réputation. Mais en le rencontrant en chair et en os pour la première fois, en se retrouvant face à ses yeux vert cristallin, à ses cheveux d'or brûlé coupés à la mode et négligemment ramenés en arrière et à ses pommettes sensuelles qui semblaient avoir été dessinées par quelque dieu, Jenna était soudain encline à croire que chaque histoire était vraie. Peut-être était-ce là la cause de son alarme intérieure : la réaction naturelle d'une femme prudente face à un superbe play-boy.

Redcliff était le genre de beau gosse qui engendrait des pensées coupables et des comportements hardis. Heureusement, Jenna était convaincue qu'il ne représentait aucune menace pour elle – parce qu'elle était pauvre, quelconque et membre de la congrégation du Prieuré.

Après presque trois ans de service au palais, Jenna avait pris conscience que ces trois faits la desservaient pour être considérée comme autre chose qu'une employée. Tout comme son envie de voir le monde, d'une vie plus trépidante et de quelque chose de plus que l'ordinaire la déconsidérait aux yeux des membres du Prieuré.

De plus, le fait d'être seulement la deuxième femme à obtenir un poste dans la garde royale n'était pas un avantage. Contrairement à sa partenaire, Helene d'Tierrza, qui était si belle que nombre de regards appréciateurs se posaient sur elle quand elle portait l'uniforme, la féminité de Jenna disparaissait dès qu'elle était sanglée dans le sien. Et lors d'un événement comme celui-ci, qui regorgeait d'élégantes et de fashionistas, elle passait encore plus inaperçue que d'habitude.

Jenna se dit en rougissant que la reine serait occupée à autre chose pendant quelque temps ; il n'y aurait donc aucun problème à offrir temporairement son aide à Redcliff. Rendre ce genre de service à la noblesse améliorait la réputation de la garde royale. Alors, passant outre ses systèmes d'alarme internes, Jenna hocha la tête pour signifier clairement au bel aristocrate qu'elle acceptait son invitation et lui offrit un sourire.

— Certainement, Votre Grâce. Cependant, vous devrez me montrer le chemin, car je ne suis pas familière des lieux.

Juste après avoir énoncé ce simple fait, Jenna tiqua. Le domaine des d'Tierrza appartenait depuis des générations à la famille de sa meilleure amie, Helene ; pourtant, c'était la première fois qu'elle y mettait les pieds. Et pas par amitié, mais par devoir. C'était une piqûre de rappel : même si elle vivait et travaillait dans ce monde de paillettes, elle n'y serait jamais vraiment à sa place. C'était le prix à payer par une fille du Prieuré pour s'aventurer si loin de chez elle. Dans ce monde, les amis se connaissaient et se fréquentaient depuis l'enfance. Or, lorsque l'on est la meilleure amie d'une duchesse et l'amie de la reine tout en étant à leur service, les choses se passent différemment. Jenna avait appris à se contenter de la proximité qu'elles avaient, sans espérer une quelconque forme de familiarité que son rang social lui interdisait.

La pression des doigts de Sebastian Redcliff autour de son poignet la ramena au réel. Jenna leva les yeux vers lui. Sur ses joues, elle remarqua un léger soupçon de barbe. Ce détail la frappa. Elle se serait attendue qu'il soit rasé de près. Comme la force sous-jacente qu'elle sentait en lui, ce détail était en contradiction avec sa réputation de tombeur.

Toutefois, cette ombre sur son visage ne ternissait aucunement sa stupéfiante beauté. Brûlante. Plus Jenna se tenait près de lui, plus elle était convaincue que l'attrait qu'il exerçait n'était pas seulement dû à son physique irréprochable. Il dégageait le charme sauvage du grand méchant loup.

Heureusement, les mauvais garçons n'attiraient pas Jenna.

Sans lâcher son poignet, il la menait à l'intérieur du manoir. Les gens s'écartaient sur leur passage. Tout en le suivant, Jenna se demandait ce que le duc de Redcliff pouvait bien attendre d'elle…

Sebastian poussa une porte, et ils pénétrèrent dans la bibliothèque du manoir des d'Tierrza. Elle était immense, tapissée de livres du sol au plafond. Un grand dôme vitré laissait entrer la lumière du bord de mer, et chaque coin était doté d'un espace de lecture unique et confortable –

ici une causeuse moelleuse en cuir, là une bergère près d'une petite table, un banc à assise rembourrée sous une fenêtre de l'autre côté de la pièce.

L'air était tissé de ce silence que seuls produisaient les livres bien rangés et la neige fraîchement tombée, un silence profond et tangible, réconfortant, comme un feu de cheminée par une soirée de tempête.

La bibliothèque était un paradis pour les lecteurs, mais le duc de Redcliff ne les y avait sans doute pas amenés pour lire, songea Jenna, intriguée. Que pouvait-elle bien avoir à lui offrir ?

— Cet endroit est magnifique, commença-t-elle, mais j'aimerais savoir…

— Une bibliothèque n'est belle, la coupa-t-il en l'entraînant vers le fond de la pièce, que si elle est utile, vivante. Celle-ci est morte, personne n'y vient jamais. La duchesse d'Tierrza et sa mère détestent cet endroit.

Jenna rétorqua :

— Vous semblez en savoir beaucoup sur la bibliothèque de ce manoir où vous ne vivez pas ! ironisa Jenna.

À ses mots, il stoppa et se retourna, la bouche pincée, l'air ombrageux.

— J'ai entre autres étudié l'architecture. Le domaine des d'Tierrza est l'une des structures les plus célèbres de Cyrano. La bibliothèque a été construite par le quatrième duc de d'Tierrza, il y a près de soixante-quinze ans. Regardez autour de vous : aucun livre n'a été ajouté à cette collection depuis cette époque. C'est beau à regarder, mais c'est creux, sans vie.

Jenna regarda autour d'elle, impressionnée par le sérieux du ton de Sebastian Redcliff. En effet, les livres étaient anciens, avec de lourdes reliures en cuir aux lettres dorées. Il y avait des centaines et des centaines de volumes, mais elle ne vit pas un seul titre récent parmi eux.

Elle posa les yeux sur son compagnon. Il était impossible de l'imaginer étudiant ou même jeune homme. Il donnait l'impression d'être arrivé dans l'existence sous sa forme achevée : puissant, féroce et impitoyable. Mais qu'il ait eu ou non l'intention de le lui révéler, elle savait désormais que derrière cet homme charismatique se cachait un amoureux des monuments historiques et des bibliothèques.

Il se remit en mouvement, l'entraînant à sa suite.

— Où m'emmenez-vous, à la fin ? s'agaça Jenna. J'aimerais beaucoup vous aider, mais je suis en service.

Il ne répondit pas, mais ils arrivèrent bientôt dans le coin de lecture le plus privé qu'elle ait jamais vu. Caché au milieu des rayonnages, sous un vitrail en rosace aux rouges vibrants à couper le souffle, il était meublé d'une table basse et d'un long sofa en velours bordeaux.

Redcliff l'invita à s'asseoir. Il resta debout en face d'elle pendant un long moment, la scrutant en silence, les pupilles sombres et dilatées comme celles d'un enfant affamé devant la vitrine d'une pâtisserie.

— Qu'attendez-vous de moi, Votre Grâce ? demanda Jenna, déstabilisée par l'intensité de son regard émeraude.

— Tout.

Elle leva les yeux au ciel, agacée par cette situation ubuesque.

— Écoutez, commença-t-elle, je…

— J'ai besoin de vous.

Les yeux du duc de Redcliff brûlaient d'un feu ardent qui provoquait dans son ventre une sensation étrange et inconnue. Jenna se força à rester impassible malgré la chair de poule qui courait sur sa peau.

— Que voulez-vous dire ? demanda-t-elle avec douceur, la voix légèrement tremblante cependant, à son grand désespoir.

De manière inattendue, il rit, d'un rire onctueux et

musical, chaud, comme du miel mélangé à un ingrédient grivois et décadent, à une liqueur enivrante et dangereuse – surtout pour elle, qui ne buvait pas d'alcool. Il en sembla le premier surpris.

— Je veux dire que je vous veux, Jenna. Nue. Maintenant.

Elle le dévisagea, abasourdie. Ses paroles bourdonnaient en elle, essayant d'atterrir du côté des émotions quand elle aurait voulu les forcer à se poser sur la piste de la raison. Elle brûlait intérieurement, mais la situation était tellement absurde – un homme comme lui disant ces mots à une femme comme elle – qu'elle ne pouvait se laisser emporter par ses sensations. Pourtant, il semblait sérieux, et même grave.

— Je... Vous plaisantez, je suppose, bredouilla-t-elle.

— Pas du tout. Je n'ai jamais eu autant besoin d'une femme que de vous.

Jusqu'à cet instant, Jenna avait ignoré à quel point elle avait eu besoin qu'on lui dise de tels mots. Ils étaient entrés en elle et s'y développaient, enveloppants et chauds, pulsant sur un rythme dont elle aurait voulu qu'il ne s'arrête jamais.

— C'est absurde, murmura-t-elle, perdue. Vous ne me connaissez même pas.

Redcliff secoua la tête.

— Croyez-moi, je suis aussi surpris que vous.

Elle fronça les sourcils.

— Ça ne sonne pas comme un compliment, nota-t-elle, un peu froissée.

— Ce n'en est pas un.

Il semblait tendu, crispé, irrité, même, comme s'il était vraiment victime d'une attirance incontrôlable. Jenna se demandait pourquoi cela lui faisait autant d'effet. Les casanovas dans son genre ne l'attiraient pas. Si elle finissait par se ranger, même si sa famille n'y croyait plus, elle voudrait ce que ses parents avaient : un amour solide, fondé sur la compréhension mutuelle, le respect et l'empathie. Un foyer.

Aussi captivant que soit Sebastian Redcliff, elle ne trouverait pas cela avec lui, un aristocrate qu'elle venait juste de rencontrer, célèbre pour ses exploits sexuels et sa capacité à enchaîner les conquêtes.

Certes, ses paroles avaient l'accent de la sincérité ; certes, l'attirance qu'elle voyait brûler dans son regard ne semblait pas feinte. Toutefois, Jenna ne pouvait écarter l'idée que tout cet épisode faisait partie d'une blague cruelle. Même si elle en était déçue, cela ne la faisait pas souffrir. Elle avait vu de nombreuses fois des membres de la haute société jouer cyniquement avec les émotions d'autrui, comme si cette sorte de cruauté faisait partie de leur monde au même titre que les paillettes et le glamour. Dans ces cas-là, elle était heureuse de ne pas en faire partie.

Elle redressa le dos et lança d'un ton formel et froid :

— Votre attitude est complètement déplacée et, si vous mentez, cruelle. Je suis en service, je protège la reine, comment osez-vous me détourner de mon devoir par pur plaisir, pour assouvir vos pulsions égoïstes ?

Ses paroles étaient audacieuses et directes, fidèles à sa nature, même si elle restait respectueuse des conventions et de la hiérarchie. Elle n'aimait pas faire de vagues, mais elle n'était pas faible. Jenna croyait en la vérité, que ce soit grâce à son éducation, à sa foi ou simplement parce qu'elle avait vécu vingt-neuf ans sur cette planète et qu'elle avait acquis la certitude que mentir ne menait nulle part. Elle mettait tout son cœur dans tout ce qu'elle faisait et suivait sa boussole morale intérieure, quelle que soit la pression.

— Bien dit, Jenna ! Et j'apprécie d'autant plus que cela confirme mon évaluation de votre personnalité. Mais nous savons tous deux que la reine est… occupée à autre chose. Vous avez le temps, et vous n'êtes pas lâche.

Le fait qu'il ait employé à propos de la reine Mina les mêmes mots qu'elle avait pensés un peu plus tôt la troubla. Et puis qu'entendait-il par « évaluation de votre personnalité » ? Avant aujourd'hui, ils ne s'étaient jamais parlé, même s'il vivait dans la capitale et fréquentait la cour lorsqu'il n'était pas… « occupé à autre chose ». Il n'avait aucun lien avec une quelconque branche du gouvernement cyranais, et n'avait aucune raison ni aucun droit de l'évaluer.

Plusieurs fois, il s'était comporté comme s'il la connaissait ; comment cela se faisait-il ? Mais il avait raison sur une chose : elle n'était pas lâche. Et la moutarde lui montait au nez.

— Je ne sais pas à quel jeu vous jouez, Redcliff, mais j'en ai assez !

La colère avait annihilé ses bonnes manières au point qu'elle l'avait appelé par son simple nom de famille, sans aucun respect pour son rang – son amie Helene, beaucoup plus sanguine qu'elle, se comportait souvent ainsi.

Sebastian Redcliff se rapprocha d'elle, la forçant à lever la tête pour garder le contact visuel. Il sourit avant de dire doucement, presque pensivement :

— Si vous aviez la moindre idée du genre de jeux auxquels je joue, vous sauriez à quel point il est ridicule de suggérer que je ne suis pas sérieux en ce moment…

— Je me fiche de savoir si vous êtes sérieux ou non, répliqua Jenna d'un ton détaché, ça n'arrivera pas.

Ses mots étaient tranchants et définitifs, exactement comme elle les avait voulus. Alors, elle ne comprit pas pourquoi une force inconnue la poussa à ajouter, d'un ton pompeux et chargé d'une invitation tacite :

— Je ne suis pas ce genre de femme.

Le sourire que lui décocha Sebastian Redcliff la fit frissonner, comme une gazelle à l'approche d'un prédateur. Il se pencha en avant, franchissant la barrière de son espace intime pour approcher les lèvres de son oreille, assez près pour que le souffle de chacun de ses mots danse sur sa peau quand il chuchota :

— Je sais déjà quel genre de femme tu es, Jenna Moustafa. Mais ce que j'ignore, ce que j'ai hâte de découvrir, c'est ta saveur. Ton odeur. Comment tu vibres quand tu es perdue dans le plaisir.

Jenna aurait dû être scandalisée, autant par ses paroles que par le tutoiement qu'il avait employé. Pourtant, elle ne l'était pas. Peut-être parce qu'il était sincère… Car il ne jouait pas, son instinct était formel ; elle savait reconnaître la vérité. Et cette sincérité la perturbait.

— C'est… fou…, haleta-t-elle.

Ni ces mots ni cette attitude ne lui ressemblaient, mais c'était comme si elle ne s'appartenait plus, comme si une autre volonté avait pris possession d'elle.

— Complètement fou, acquiesça Sebastian, et néanmoins vrai. Aucune femme n'a jamais eu cet effet sur moi.

Mais tu as couché avec des centaines de femmes !

Il se contenta de sourire. Elle lui avait rappelé sa réputation de dépravé, et il ne manifestait aucune honte. Étrangement, cette absence de remords était terriblement aphrodisiaque…

— C'est pour mieux te combler, ma chère Jenna.

Il avait toujours la bouche à quelques centimètres de son oreille. Jenna laissa échapper un soupir alangui.

— Je…

Elle se tut lorsque les lèvres de Sebastian Redcliff effleurèrent le point de rencontre entre sa mâchoire et son cou. Ses paupières se fermèrent.

— Tu es unique au monde, Jenna. Nous avons déjà dépassé le simple stade de la séduction.

Désespérée de sentir qu'il l'ensorcelait, elle se raccrocha à la première idée qui lui traversa l'esprit :

— Je ne peux pas, je n'ai jamais…

Une fois de plus, elle ne termina pas sa phrase, mais cette fois c'était parce que son corps s'embrasait d'une manière qu'elle n'aurait jamais crue possible. Horrifiée, elle comprit qu'elle pourrait faire l'amour, ici et maintenant.

— Je sais, dit-il, rayonnant de puissance virile, le regard carnassier.

Oh oui ! elle pourrait, et facilement… Car Sebastian Redcliff ne se contentait pas de la vouloir ; ce verbe reflétait très imparfaitement et faiblement l'appétit vorace qui luisait dans ses prunelles émeraude.

Jenna aurait aimé pouvoir affirmer que le magnétisme entre eux provenait entièrement de lui, de l'envie qu'il avait d'elle, et que l'attirance qu'elle ressentait pour lui n'en était que la conséquence. Or, c'était faux. Elle avait sa part de responsabilité dans ce qui était en train de s'épanouir entre eux, car en elle éclatait à la vie une graine de désir inconnue.

Qui était ce mâle alpha, cette créature de plaisir et de luxe, le genre d'homme pour lequel elle avait été invisible ces trois dernières années, qui semblait si désireux de la… posséder ?

Et pourquoi cela rendait-il son corps brûlant et chaud, faisant fondre toute rationalité, toute logique, tout bon sens, toute résistance ? Il n'y avait rien de doux dans sa façon de la séduire. Entre eux, tout était franc et direct ; le danger était apparent.

Soudain, ce fut comme si un barrage cédait en elle, celui qui avait retenu vingt-neuf ans de chasteté. La vague qui déferla était si puissante que ce fut elle qui prit le contrôle de la situation. Elle passa la main dans ses cheveux au moment où il posait la sienne à l'arrière de sa tête.

Synchronisme parfait, songea-t-elle fugitivement, tandis que Sebastian faisait basculer son visage vers le haut.

Un éclair féroce passa dans ses yeux.

Puis il l'embrassa.

Ce n'était pas un baiser, c'était une déflagration.

La peau de Jenna s'enflammait partout où elle était en contact avec celle de Sebastian. Les sensations étaient si intenses qu'elle savait que, malgré les circonstances, ce moment et cet homme étaient exactement ce qu'il lui fallait, l'union pour laquelle elle avait gardé la foi durant toutes ces années.

Et pourtant, ils n'avaient plus le temps. Ils en avaient déjà perdu trop à parler. Très bientôt, elle devrait retourner à son poste.

Alors, l'urgence anima ses doigts, qui défirent avec rapidité et efficacité, comme lorsqu'elle désarmait ses adversaires à l'entraînement, tout ce qui fermait son uniforme. Elle n'était pas inquiète. Comme dans le cas des amusants rituels grivois précédant le mariage en usage chez les membres du Prieuré, sa foi lui enseignait qu'il n'y avait rien de mal dans l'amour physique, aucune pratique taboue, tant que les deux parties s'y engageaient avec leurs cœurs joints et ouverts, désireux de trouver la joie dans le corps de l'autre.

Sa foi lui enseignait également que l'intimité physique était un lien sacré entre des âmes jumelles, chacune étant faite pour apaiser et réconforter l'autre. Jenna considérait cela comme acquis, mais elle n'avait jamais prévu qu'elle reconnaîtrait son partenaire dès leur première rencontre, et encore moins qu'elle le saurait avec une telle certitude. Elle n'avait jamais imaginé non plus que le désir de son partenaire trouverait un tel écho en elle – brûlant, électrique, presque magique, en aucun cas comparable aux fantasmes d'une femme dont le plus grand espoir romantique avait été jusqu'ici de finir ses jours avec quelqu'un de gentil et d'attirant.

Au lieu de cela, son destin se tenait devant elle, magnifique, dangereux, aussi loin de la gentillesse et de la docilité qu'il était possible de l'être. Il n'était pas du tout comme elle l'avait imaginé, mais il était *à elle*, même s'il lui correspondait d'une manière qu'elle ne comprenait pas.

3.

Sebastian avait vu tant de femmes nues qu'il ne pouvait en tenir le compte, encore moins se souvenir de chacune. Mais Jenna effaça toutes les images qu'il conservait encore en mémoire.

Son corps était une œuvre d'art.

La manière dont elle avait ôté son uniforme n'avait ressemblé en rien à un strip-tease suggestif. Cette froide efficacité aurait dû rebuter un homme tel que lui, habitué à être excité par des panthères sexy et des mangeuses d'hommes au savoir-faire accompli. Et pourtant, le travail adroit de ses doigts était la danse la plus érotique qu'il ait jamais vue.

Sa peau cuivrée était parsemée de taches de rousseur. Sa silhouette était à la fois très féminine et musclée : l'entraînement militaire auquel elle s'astreignait n'avait pas fait disparaître ses formes. Ses seins pleins et ronds lui évoquaient des familles heureuses et des collines ensoleillées, des images qui le rebutaient généralement, mais qu'il trouvait en cet instant… pittoresques.

Alors qu'il se serait attendu à des sous-vêtements basiques en simple coton pour un membre de la garde royale, Jenna portait un ensemble en dentelle qui semblait venir d'une grande maison de lingerie. L'effet était à couper le souffle. À tel point qu'il commençait à se demander si une seule séance avec elle aurait l'effet apaisant qu'il attendait. La révélation de ce qui se cachait sous le bleu de son uniforme n'avait fait qu'attiser le feu…

Lorsqu'elle voulut enlever son soutien-gorge, il l'arrêta du bout d'un doigt sur ses lèvres pulpeuses. Elle plongea les yeux dans les siens, et il fut pris de vertige, comme si la Terre bougeait sur son axe. Le seul bruit dans l'alcôve de la bibliothèque était celui de leurs respirations rauques.

Sebastian s'était déshabillé plus vite qu'elle. Il se tenait nu face à elle, sans gêne ni pudeur. Une maîtresse l'avait un jour taquiné en lui disant qu'il était facile d'être à l'aise quand on était bâti comme lui, mais sa décontraction en tenue d'Adam venait de plus loin. Elle était naturelle. Il était possible d'en apprendre beaucoup sur les gens lorsqu'ils étaient nus.

Le regard de Jenna s'attarda sur son torse et ses épaules, comme le frôlement d'une plume. Puis elle rougit tandis que ses yeux se posaient sur son sexe fièrement dressé. Il remarqua que son souffle était devenu court et qu'elle avait les pupilles dilatées. Elle poussa finalement un petit soupir, et ses yeux remontèrent vers son visage.

Une fois de plus, son regard l'hypnotisa. Elle seule avait ce pouvoir sur lui, et cela ne s'arrêterait pas tant qu'il n'aurait pas exploré la profonde singularité de leur rencontre.

— Défais ta tresse ! lui ordonna-t-il d'une voix plus impérieuse qu'il ne l'aurait voulu.

Elle secoua la tête en signe de refus.

— *Tu* la défais, répliqua-t-elle d'une voix douce.

Elle le défiait. Sebastian choisit d'obéir et de transformer cet ordre en exercice de séduction. Il saisit sa tresse et la fit passer par-dessus son épaule ronde. Puis il dégrafa son soutien-gorge et entreprit de libérer sa chevelure. Lorsqu'il eut terminé, il commença à lui masser le crâne. Jenna gémit de plaisir. Ce son lui fit l'effet d'un électrochoc. Son excitation grandit, d'autant plus que les pointes durcies de ses seins frôlaient la toison de son torse.

Il ne pouvait pas la faire sienne de toutes les façons qu'il aurait souhaitées, pas dans cette bibliothèque, pas alors qu'elle était en service, et cette pensée le rendait furieux. Cela lui donnait envie de l'enlever pendant aussi longtemps qu'il le faudrait pour exorciser l'étrange démon qu'elle avait libéré.

Les cheveux de Jenna étaient magnifiques, d'un brun si foncé qu'ils étaient presque noirs et brillaient comme une étole de soie. Elle était là, debout devant lui, sous la superbe rosace rouge du vitrail, les cheveux flottant autour d'elle, les seins fièrement dressés, nue à l'exception de sa culotte de dentelle blanche, et Sebastian ressentit l'émerveillement qu'un homme pouvait ressentir en voyant une femme pour la première fois. Et il comprit qu'il serait prêt à suivre cette femme-ci hors du paradis et dans les profondeurs de l'enfer si elle le lui demandait.

Elle avait le pouvoir d'un dieu destructeur.

Et il était de son devoir de l'adorer.

Alors il se mit à genoux devant elle, baissa sa culotte sur ses cuisses et entreprit de la vénérer.

Elle avait une saveur douce et addictive de pêche et de crème fraîche, une saveur dont il savait déjà qu'il ne se lasserait jamais.

De part et d'autre de son visage, les jambes de Jenna flageolaient ; Sebastian dut la soutenir, les mains sous ses fesses rondes et fermes. Elle haletait et gémissait, le poing serré dans sa bouche pour étouffer ses cris. Elle était déjà sur la crête du plaisir, sur le point de basculer dans l'abîme, prise de tremblements électriques, la respiration irrégulière. Pourtant, elle tenait encore debout, fière face à la plus douce et agréable des tortures.

Mais il allait la mettre à genoux, sinon au sens propre du moins au sens figuré…

Il se releva et la souleva. Il la porta alors jusqu'au sofa et l'y allongea. Les yeux dans les siens, elle lui laissait voir tout ce qu'elle ressentait : vulnérabilité, curiosité et confiance. Il fut tenté de la mettre en garde, de lui dire de ne pas être aussi naïve en lui accordant sa confiance, que c'était le genre d'abandon qui pouvait attirer des ennuis. Il n'en fit rien. Elle croyait en lui. Elle acceptait l'énergie inconnue et enveloppante qui naissait entre eux chaque fois que leurs peaux entraient en contact. Sebastian en savait maintenant assez pour reconnaître cette énergie pour ce qu'elle était : de la folie.

Il avait eu tort de la séduire.

Car désormais, il n'y avait pas de retour en arrière possible. Il aurait dû s'excuser auprès du roi et quitter le gala de charité immédiatement après avoir croisé la lumière intérieure de Jenna Moustafa. Comme dans toute grande tragédie, l'orgueil démesuré l'avait conduit à sa perte. Plutôt que d'assouvir sa curiosité, l'échantillon d'elle qu'il avait goûté l'avait rendu dépendant.

Trop tard pour faire demi-tour, sa main descendait déjà le long du cou et de la poitrine de Jenna, s'arrêtant seulement pour caresser ses seins avant de continuer son exploration.

La jeune femme gémit lorsque les doigts de Sebastian trouvèrent son clitoris. Ses douces caresses circulaires, mélange de frôlements et de pressions, agirent comme un soufflet sur les braises encore incandescentes de son plaisir. Son corps se tendit.

Il l'amena une fois de plus au bord du précipice, observant son visage d'ange aux yeux fermés se crisper peu à peu. Puis, sans cesser de la caresser pour la maintenir en équilibre sur ce délicieux fil du rasoir, il enfila un préservatif avec dextérité et se positionna au-dessus d'elle.

— Douce Jenna…, murmura-t-il.

Elle tremblait sous lui. Soudain, les jambes puissantes de la jeune femme s'accrochèrent à sa taille. Il comprit que l'instinct la poussait à réduire l'espace entre leurs corps, mais il réussit à se retenir malgré son envie de plonger en elle. Il positionna l'extrémité de son sexe à l'entrée du sien. Elle était prête à l'accueillir. Il le frotta contre son sillon humide, lui arrachant de petits cris langoureux. Elle semblait apprécier cette exquise torture autant que lui. Il espérait qu'elle avait conscience qu'ils partageaient un moment unique : il n'y aurait plus jamais de première fois pour elle, ni entre eux.

Il la prit dans ses bras. Elle se cambra. Ses seins étaient tendus, ses mamelons sombres dressés.

— Tu es toute à moi…

Lorsqu'il la pénétra, elle poussa un sanglot étouffé, puis cria sa délivrance. Elle s'agrippa à ses épaules. Son bassin commença à onduler. Leurs rythmes s'accordèrent.

Puis ils commencèrent à danser ensemble.

Son corps souple et son âme lumineuse faisaient d'elle une amante incroyable, pleine de grâce et de naturel. Sebastian allait et venait en elle, se perdait dans les sensations inouïes qui le traversaient. Dans son esprit, les mots « toute à moi » tournaient en boucle, résonnant un peu plus fort à chaque poussée de ses reins.

Il lutta pour rejeter cette idée. Il s'abandonnait, mais il était suffisamment conscient pour savoir que quelque chose de dangereux se cachait dans l'ombre de ce désir, même si son corps était trop occupé à profiter de la magie de ces instants pour écouter l'avertissement de sa raison. Il avait fait une erreur en la séduisant, il ne recommencerait pas.

Elle n'était pas « toute à lui ».

Son esprit n'était pas d'accord.

La chose ratatinée et sèche qui lui tenait lieu de cœur n'était pas d'accord.

Il était l'homme de l'ombre qui tirait les ficelles. C'était lui qui tendait les pièges, pas lui qui tombait dedans.

Mais lorsqu'il sentit l'orgasme arriver, dans une ultime poussée profonde et rageuse, il ne put retenir un cri :

— Toute à moi !

Et parce qu'elle était toute à lui, ils jouirent à l'unisson.

4.

Une puissante sirène d'alarme se déclencha à peine une minute après leur orgasme commun, arrachant Jenna à la béatitude alanguie qui commençait à la saisir, lovée contre le corps de Sebastian – avec lequel elle avait l'impression de ne plus faire qu'un.

Ils se désunirent abruptement et bondirent du sofa. Un sentiment de gêne, de malaise l'étreignit, chassant celui de chaude et bienfaisante plénitude dans lequel elle baignait une seconde auparavant.

Au déclenchement d'une alarme, il était de son devoir d'être à côté de la reine ; or, elle était nue dans la bibliothèque de sa meilleure amie !

Parce qu'elle venait de faire l'amour pour la première fois de sa vie.

Avec un inconnu.

Elle n'était plus sous l'emprise excitante de son regard, mais désormais uniquement consciente du naufrage de ses propres passions, qui se refroidissaient rapidement tandis qu'elle se rhabillait à la hâte. L'alarme emplissait l'espace de ses stridences : impossible de l'ignorer.

Jenna ne connaissait rien de cet homme et pourtant, maintenant, elle le connaissait. Bibliquement.

Ce n'est pas tout à fait vrai, protesta une petite voix intérieure romantique. *Ton corps l'a reconnu comme étant l'Élu.*

Tu ne l'as rencontré qu'aujourd'hui ! argumenta-t-elle contre elle-même. *Ton corps l'a simplement reconnu comme étant sexy.*

Elle avait été pour le moins irresponsable ; d'autant qu'elle n'avait aucune idée de l'endroit où se trouvait la reine…

Mais tu l'as trouvé, lui, soupira sa part romantique, qui ne semblait pas se soucier du fait qu'elle avait négligé son devoir et compromis sa moralité. *Il est l'Élu.*

La voix de la raison poussa un grognement réprobateur dans sa tête, et refusait de croire ces sornettes. C'était ce scepticisme qui l'avait poussée à passer outre la tradition du Prieuré, et les conseils de ses parents et de ses frères aînés, pour entrer à l'académie militaire plutôt que de se marier dès qu'elle avait été en âge de le faire.

Elle avait essayé de leur expliquer que si elle ne voyait rien de mal dans leur choix de vie, elle aspirait à une vie personnelle et à une carrière bien remplies, qui lui fourniraient des occasions de rencontrer des personnes avec lesquelles elle aurait des intérêts et des valeurs en commun, plutôt que de courir après une hypothétique « âme sœur » et de se précipiter tête baissée dans la maternité.

Ils avaient désapprouvé sa décision, sans lui en tenir rigueur toutefois. Cela n'avait pas dérangé Jenna : elle était sûre de leur prouver un jour qu'ils avaient tort.

À l'époque, elle avait confiance en sa capacité à tracer sa propre voie. Orgueilleuse, elle se pensait capable d'échapper au conditionnement de son enfance. Or, si elle en croyait ce qui venait de se passer entre le duc de Redcliff et elle, il était évident qu'elle n'y avait pas échappé du tout et que les valeurs dans lesquelles elle avait grandi étaient enracinées en elle, prêtes à resurgir à la première occasion. Elle s'était moquée de cette histoire d'Élu pour finir par se jeter dans le lit du premier homme qui lui avait fait des avances depuis qu'elle avait quitté sa ville natale.

Et il n'y avait même pas eu de lit…

En elle, les deux voix continuaient à se chamailler. *Ce n'est pas un inconnu*, susurra l'espoir. *Non, c'est un parfait inconnu !* rétorqua la raison. L'espoir abandonna soudain la partie. Jenna se sentit aussitôt nauséeuse et honteuse. Les deux voix s'unirent alors pour la blâmer : *Mais à quoi pensais-tu !*

Si seulement elle avait la réponse… Elle se promit de la chercher plus tard, quand elle aurait du temps et serait seule. Pour l'instant, elle devait retourner auprès de la reine.

Tu n'aurais jamais dû suivre Redcliff dans cette bibliothèque…

— Jenna !

Le ton exaspéré du duc la ramena brutalement au réel.

— Quoi ? répliqua-t-elle d'une voix cassante.

— L'alarme n'est pas pour la reine. Elle n'est pas en danger.

— Oui, je sais.

Elle fronça les sourcils, intriguée. Pour autant qu'elle le sache, il n'avait pas la formation en matière de sécurité ou de défense pour interpréter l'alarme.

— Comment le sais-tu ? demanda-t-elle.

— Ce n'était pas un code de défense royale.

Jenna essayait tant bien que mal, avec des gestes saccadés, de remettre de l'ordre dans sa tenue, pour au moins tâcher de ressembler à un garde royal, même si elle n'arrivait pas à se comporter comme tel. Il avait raison, mais cela ne répondait pas à sa question : comment le savait-il ?

Tout à coup, la situation lui semblait encore plus étrange, irréelle. Quelque chose clochait. Comment aurait-il pu en être autrement vu la manière dont elle s'était s'éloignée de son comportement habituel ? Elle regarda autour d'elle. Dans la lumière et le silence de leur alcôve sensuelle, elle identifiait clairement les ingrédients qui avaient conduit à cette situation : son complexe du sauveur, sa vie bercée par des fables et des contes de fées, et le savoir-faire d'un séducteur accompli. Elle s'était comportée comme une idiote, une oie blanche. Cet homme n'était pas l'Élu, c'était juste le duc de Redcliff.

Ses larges mains – les mains maléfiques qui l'avaient changée à jamais – se posèrent sur ses épaules. Elle releva la tête. L'expression de Sebastian était aussi fermée maintenant qu'elle avait été lisible dans le feu de l'action. Il était toujours aussi beau, mais impénétrable. Elle réalisa une fois de plus, horrifiée, qu'elle ne savait rien de cet homme.

Mais il était trop tard pour les regrets.

— Je vais te ramener parmi les invités. Avec l'alarme, la garde du roi aura mis la reine en sécurité. Personne n'en saura jamais rien.

Parce qu'elles évoquaient la situation seulement sous un angle pratique, ces paroles blessaient Jenna. Elles passaient sous silence l'agitation de son cœur et de son âme – à se demander si Sebastian Redcliff possédait l'un ou l'autre…

Elle ouvrit la bouche pour aborder cette dimension sensible, intime, mais aucun son n'en sortit. Au même moment, elle constata que l'expression impassible de Sebastian se fissurait, laissant apparaître une sorte de manque mâtiné de douleur. Il semblait lui aussi sur le point de dire quelque chose quand un bruit de pas rapides qui se rapprochaient résonna dans la bibliothèque.

D'un geste vif, il repoussa Jenna derrière lui.

— Je pensais bien te trouver ici, Sebastian.

Jenna entendit la voix inquiète du roi Zayn avant de le voir. Lorsqu'il entra dans son champ de vision, il finissait de boutonner sa chemise.

— C'est Helene, elle…

Il se tut. Ses yeux violets écarquillés passèrent d'elle à Sebastian, prenant note de leur débraillé. La lassitude et la déception assombrirent son expression.

— Alors, c'est ici que vous étiez…, lâcha-t-il en fixant Jenna, dont le cœur se brisa.

— Votre Majesté…, commença-t-elle, mais le roi l'arrêta d'un geste de la main.

— Nous vous avons cherchée. J'ai dû laisser la reine avec ma garde. Elle voulait savoir si vous étiez en sécurité.

Jenna eut l'impression de se transformer en statue de pierre. Son souffle était bloqué dans sa poitrine.

— Votre Majesté… je…, bredouilla-t-elle.

Le roi secoua la tête. Il soupira, et ses épaules s'affaissèrent. Elle savait ce qui allait arriver et savait aussi que c'était un crève-cœur pour lui. Pas tant parce qu'il respectait Jenna en tant que soldat – il l'avait déjà prouvé en la nommant à la garde de la reine –, mais surtout parce que ce qu'il s'apprêtait à faire blesserait sa femme. Et Jenna avait le privilège de connaître la force de leurs liens.

La fissure dans son cœur s'agrandit.

Le roi était le roi, jamais proche ni familier avec ceux qui étaient chargés de le protéger. Elle avait accompli cette tâche au début de sa carrière, respectueuse et admirative, et jamais n'avait ressenti la moindre proximité avec lui – leurs rapports étaient professionnels. Mais la reine, elle, était son amie.

La gorge de Jenna se serra sous l'effet des larmes qui lui montaient aux yeux. Pourtant, elle se redressa et se mit au garde-à-vous, prête à accueillir son châtiment.

— Vous savez que ça me fait mal de faire ça, Moustafa, mais…

— Zayn, le coupa Redcliff.

Le prénom du roi sonnait aussi naturellement dans la bouche du duc que dans celle d'Helene, qui était pourtant sa cousine germaine. Encore un rappel qu'elle venait d'un autre monde que l'aristocratie de Cyrano.

D'un mot, Sebastian mit le roi en garde contre un excès de précipitation, mais Jenna secoua la tête, l'attitude ferme et sérieuse. Ce qui s'était passé entre eux dans l'alcôve resterait entre eux, tout comme ce qui se passait maintenant était entre elle et le monarque. Et bien qu'elle redoute ce qui allait arriver, elle savait que le roi avait raison. Jenna refusait de mettre son intégrité en jeu : elle assumerait les conséquences de ses actes.

— Ce fut un honneur de servir la reine Mina. S'il vous plaît, dites-le-lui.

Elle marqua une pause avant de reprendre, angoissée :

— Et que se passe-t-il avec Helene ?

Le prénom de son amie ramena le roi Zayn sur le sujet qui l'avait amené à chercher le duc de Redcliff.

— Quelqu'un l'a kidnappée.

Mon Dieu ! Jenna eut l'impression de recevoir un coup dans le ventre. Quelqu'un avait kidnappé Helene ? Elle n'aurait pas cru cela possible. Helene d'Tierrza n'était pas une femme qui se laissait capturer facilement.

Mais toi non plus. Et pourtant… , murmura sa petite voix raisonnable d'un ton ironique.

— Zayn, tu ne peux pas la virer. Tu étais occupé. Si je ne me trompe pas, son contrat stipule que ton personnel de garde est suffisant dans de tels cas…

— Il y a des questions plus urgentes à régler, le coupa le roi, péremptoire. Nous devons élaborer un plan. Retrouve-moi dans mon bureau aussi vite que possible.

S'il était étrange que le duc play-boy soit au courant de ce que stipulait son contrat, et encore plus qu'il soit invité à une sorte de conseil de crise à propos du rapt d'Helene, Jenna était si dévastée de ne pas avoir été conviée à cette réunion qu'elle ne releva pas.

Avec un dernier regard triste dans sa direction, le roi répéta :

— Nous vous avons cherchée.

Puis il tourna les talons et repartit.

— Jenna, je…, commença le duc.

Elle l'arrêta en levant la main, paume tournée vers lui.

— Helene…, dit-elle dans un souffle, la gorge nouée.

Ses yeux émeraude se verrouillèrent aux siens tandis qu'il hochait la tête, l'air grave, comme s'il partageait sa douleur, comme s'il comprenait que tout ce qu'il pouvait vouloir dire n'avait aucune importance pour elle. Rien ne lui importait plus que le sort de sa meilleure amie. Redcliff lui avait demandé de le suivre, et elle lui avait donné sa virginité : le moins qu'il pouvait faire était de l'aider à sauver Helene.

Il s'approcha d'elle et l'embrassa sur le front, entre les sourcils. L'empreinte de ses lèvres la marqua aussi sûrement qu'une lettre écarlate cousue sur la poitrine. Il n'y avait aucune excuse, aucun regret dans ce geste. Ensuite, il quitta l'alcôve à son tour.

En le regardant partir, Jenna songea que dans cette bibliothèque, en quelques minutes, sa vie avait été réduite en cendres. Elle avait ruiné sa réputation, perdu sa place dans la garde royale et perdu aussi ses deux meilleures amies.

Rien ne serait plus jamais pareil.

5.

Cela faisait quarante jours depuis Jenna.

Et en seulement quarante jours, son monde s'était effondré.

Sebastian fixa de nouveau sur son écran le rapport qu'il venait de recevoir de la part de ses informateurs, sans vraiment le voir. Il n'en avait pas besoin : le message était clair. Le sang rugissait à ses oreilles, mais le seul signe extérieur de son agitation était le tapotement du bout de son index sur le bois dur et luisant de son bureau.

Jenna portait son enfant.

Il allait être père.

Il se pinça l'arête du nez, lâcha un long soupir et éloigna sa chaise de son bureau.

Il allait être père.

La réalité, ici et maintenant, par opposition à un concept incertain lié à un vague futur, ne ressemblait pas à ce qu'il avait imaginé.

Il ne se marierait jamais, pas après une enfance passée en tant que dommage collatéral du désastre sentimental qu'avait été le mariage de ses parents. Il avait néanmoins toujours prévu d'avoir des enfants. Perpétuer la lignée familiale était la seule chose dont il se sentait redevable envers ses ancêtres, en échange de son existence dorée remplie de privilèges incroyables. Le prochain chef du clan Redcliff aurait dû naître d'une mère porteuse choisie avec le plus grand soin par lui-même – il avait accès à toutes les informations sur chaque citoyen de Cyrano. Ensuite, il aurait élevé son enfant lui-même.

Sa décision n'avait rien à voir avec le fait d'avoir été chassé jeune de son foyer, ni avec les circonstances dans lesquelles il l'avait été. Mais il avait passé suffisamment de temps à ressasser les erreurs de ses parents pour être absolument sûr qu'il ne les reproduirait pas et qu'il ne tomberait pas à son tour dans les pièges dans lesquels ils étaient tombés. L'amour et le mariage les avaient détruits, en particulier son père. Les émotions et l'institution les avaient étouffés tous les deux, pressant jusqu'à leur dernière goutte de décence, jusqu'à ce qu'il ne leur reste plus que du ressentiment, de la culpabilité et de la rancune à donner à leur enfant.

Sebastian s'était juré que ses enfants s'en sortiraient mieux. Il avait donc fait le choix pratique d'être un père célibataire.

Mais il y avait Jenna.

Jenna possédait toutes les qualités qu'il attendait d'une mère porteuse, et plus encore : belle, saine, en forme, forte, très intelligente, déterminée, assidue, stable, compatissante, honnête… la liste était longue. Très longue. Et c'était bien là le problème. Jenna était trop idéale. Il avait passé assez de temps à ruminer pour en être certain, depuis qu'il l'avait laissée dans la bibliothèque.

En fait, la seule façon dont il avait pu se concentrer jusqu'à présent avait été de passer en revue le rapport quotidien qui lui était remis, qui consignait le plus infime nouveau détail sur l'endroit où elle était et ce qu'elle faisait. En tant qu'ancien membre de la garde royale, la procédure consistait à surveiller ses déplacements et ses activités pendant les deux années suivant son renvoi. Cet examen n'était pas du ressort du chef des renseignements, mais son instinct l'avait poussé à s'en charger. Et il avait bien fait : comment aurait-il appris pour son enfant, sinon ? Par Jenna ? Serait-elle venue à lui de son propre chef ? Vu ce qu'il savait d'elle, il lui faisait confiance. Mais combien de temps aurait-elle mis ?

Elle n'avait pas répondu aux appels qu'elle avait reçus du Palais ni de son ancienne partenaire dans la garde royale, Helene d'Tierrza, devenue récemment Helene Andros.

Si Jenna ne parlait plus à personne, Sebastian se disait qu'il aurait pu attendre longtemps avant qu'elle lui apprenne sa grossesse.

Cela n'avait plus d'importance maintenant : il savait, donc il était obligé d'agir.

Bon sang, il allait être père !

Même si cela pouvait sembler difficile à croire pour ceux qui le fréquentaient, il aimait les enfants. Ils étaient honnêtes et, d'une certaine manière, plus habiles à manipuler les gens qui les entouraient que ses agents les plus talentueux.

Il se demanda soudain à quoi ressemblerait l'enfant qu'il aurait avec Jenna. Il décida qu'il aurait les yeux bruns insondables de sa mère ; et son esprit brillant. Et s'il dégageait le même rayonnement de bonté qu'elle, Sebastian le protégerait avec les immenses ressources dont il disposait.

Il avait pensé à une mère porteuse parce qu'il ne voulait pas se soumettre, ni soumettre son enfant, aux humiliations de l'amour et du mariage ; cette partie de son plan resterait inchangée. Jenna n'avait pas entièrement bouleversé ses projets à ce sujet. En fait, elle les avait améliorés : son enfant aurait aussi une mère, et Sebastian ne pouvait rêver mieux dans ce rôle que Jenna Moustafa.

Le danger de la situation résidait dans l'attrait qu'elle exerçait sur lui. Sebastian n'avait pas cessé d'avoir envie d'elle, et l'éloignement n'avait fait qu'accroître son désir. Or, il n'était pas question qu'il se perde en elle comme son père s'était perdu dans sa mère. Leur relation était devenue toxique, ne lui laissant aucune place, et s'était terminée par l'anéantissement de son père. Puis par la mort de sa mère en Grèce sur une route sinueuse à flanc de falaise dans un accident de moto, conduite un homme beaucoup plus jeune – tous deux étaient sous l'emprise de l'alcool. Sebastian avait treize ans quand son père, en pleurs, le lui avait appris. Il séjournait dans la capitale tandis que Sebastian passait les vacances de printemps seul dans le domaine des Redcliff. À l'époque, son père avait déjà commencé à se noyer dans l'alcool ; la mort de sa femme n'avait rien arrangé.

Sebastian ne savait pas exactement comment être père, mais ses parents lui avaient donné l'exemple de ce qu'il ne fallait pas faire. Et lui avaient laissé dans le sang un peu de culpabilité, car il n'avait pu s'empêcher de se dire que c'était sa faute s'il n'avait su inspirer de l'amour à ses parents.

Il soupira tandis que son esprit se focalisait de nouveau sur Jenna. Ce n'était pas exagéré de dire qu'elle avait complètement bouleversé sa vie depuis le moment où il avait posé les yeux sur elle pendant le gala. Il avait eu l'intention de se débarrasser du mystère enivrant qu'elle représentait.

Si elle avait été comme n'importe quelle autre femme, il aurait perdu tout intérêt pour elle depuis longtemps et serait passé à autre chose. En couchant avec elle, il avait voulu lui rendre son invisibilité, pour qu'elle ne soit plus qu'une silhouette en bleu parmi les autres autour du couple royal. Il n'avait pas eu l'intention de ruiner sa vie ; ni de la faire devenir un élément permanent de la sienne.

Il avait utilisé un préservatif, pour l'amour du ciel !

Mais, comme il commençait lentement à le comprendre, lorsque Jenna était concernée, ses plans et ses intentions étaient chamboulés.

Comment pouvait-il rester efficace et concentré maintenant qu'il savait qu'elle allait donner naissance à son enfant ? En tant que futur noble, il serait vulnérable ; en tant qu'enfant du chef du renseignement, encore plus… Il aurait besoin d'une protection appropriée. Gérer cela et garder à distance un œil sur Jenna tout en dirigeant le service de renseignement serait impossible.

Par conséquent, il lui faudrait trouver une solution.

6.

Enceinte…

Après avoir traîné les pieds pour aller à la pharmacie, Jenna était passée d'un extrême à l'autre et avait utilisé une dizaine de tests de grossesse. Elle avait refusé d'accepter chaque résultat, immanquablement positif. Mais elle était maintenant confrontée au pronostic du médecin de famille, qui repassait en boucle dans son esprit, implacable et indéniable : elle était enceinte.

Elle allait avoir un bébé ; et pas n'importe quel bébé, celui du duc de Redcliff.

Incroyable !

Et dire qu'elle avait eu l'impression que le pire était déjà arrivé – perdre tout ce pour quoi elle avait travaillé si dur, ainsi que le respect de l'homme qu'elle avait juré de protéger. C'était la preuve que les choses pouvaient toujours empirer.

Avoir un bébé n'était pas une malédiction pour Jenna, au contraire. Ce qui l'était, c'était de n'avoir à offrir à son enfant – qui comme chaque enfant méritait le meilleur départ dans l'existence – qu'une mère célibataire déshonorée.

Quant à ce que son père serait prêt à lui donner, elle réalisa, nauséeuse et étourdie à la fois, qu'elle n'en avait aucune idée… Elle ne connaissait même pas son numéro de téléphone. Elle n'avait aucune idée de la façon dont elle pourrait le contacter pour lui apprendre la nouvelle.

Comment allait-il réagir ? Hagarde, elle songea qu'il pourrait refuser de la croire. Et s'il la forçait à prouver sa paternité ? Ou, pis, s'il lui demandait de mettre un terme à sa grossesse ?

Instinctivement, ses mains se posèrent sur son ventre en un geste protecteur. Elle n'avait pas prévu cet enfant, mais elle ne le rejetterait pas. Elle avait transgressé son code de conduite, mais elle n'avait pas complètement abandonné les valeurs qu'on lui avait enseignées. Si le Prieuré professait que les individus avaient la bénédiction de Dieu dans la gestion de leur corps, il professait également que les enfants étaient des dons de Dieu. Avait-elle été choisie pour recevoir un cadeau aussi lourd de responsabilités parce qu'elle s'était montrée irresponsable ?

Comme il avait été facile d'être irresponsable avec Sebastian Redcliff…

Avec une moue dégoûtée, elle essaya de chasser son image de son esprit, de faire disparaître le désir persistant qu'elle avait pour lui, malgré sa honte.

Quelle honte que son imprudence ait conduit à ce que le père de son enfant soit un inconnu pour elle, malgré l'attirance magnétique qu'elle avait ressentie pour lui.

Quelle honte qu'elle ait été tellement fascinée par lui qu'elle n'avait pas envisagé les conséquences de ses actes.

Quelle honte, surtout, de ne ressentir aucune joie à l'annonce de ce qui était censé être un heureux événement…

7.

Sebastian résista à la tentation de regarder Jenna dormir. Il était venu pour parler, pas pour la contempler. Elle était belle, pourtant, dans sa chemise de nuit couleur lilas.

Son pied et son mollet nus qui dépassaient de sa couette l'émouvaient. Comme c'était la seule partie visible de son corps, cela créait en lui une sensation d'intimité frappante. Grâce à ses dossiers et à ses enquêteurs, il connaissait son histoire personnelle ; cependant, les rapports ne lui disaient rien de l'émotion que pouvaient provoquer quelques centimètres carrés de peau nue.

Elle était devenue une obsession inattendue – et la mère de son futur enfant…

On aurait dit une beauté de la Renaissance au repos à l'intérieur d'une ferme du XVIe siècle, avec d'énormes poutres anciennes, un toit de chaume et de joyeux animaux à l'extérieur. C'était un rôle aussi approprié pour elle que celui de se tenir debout tel un chevalier en armure bleue devant la reine. Jenna respirait la tradition et les valeurs démodées. Ça n'aurait pas dû le captiver. Et pourtant, il était là.

En fait, Jenna semblait à sa place partout où elle se trouvait parce qu'elle avait en elle un naturel qui irradiait alentour.

Qu'elle porte une jolie chemise de nuit l'avait surpris. Il avait imaginé qu'elle serait du genre T-shirt et culotte, mais il appréciait l'inattendu. Il y avait plus de féminité, de sauvagerie et de liberté mêlées à sa bonté, à son honnêteté et à sa droiture qu'il ne l'avait réalisé au premier regard.

Peut-être parce qu'elle l'aveuglait chaque fois qu'il s'approchait trop d'elle, se dit-il. Sa lumière spéciale tournée vers les autres et non vers elle-même était si différente de tout ce qu'il avait rencontré au cours de sa vie de blasé !

Elle s'agita, comme si elle percevait sa présence. Il s'approcha de son chevet. Elle ouvrit les yeux, cilla, puis se redressa brusquement dans son lit.

— Sebastian ? demanda-t-elle d'une voix endormie, cotonneuse.

Voilà au moins une surprise qu'il pouvait utiliser à son avantage.

Il s'assit sur le lit à côté d'elle.

— Présent !

— Que fais-tu ici ? Comment es-tu entré ?

Comme seule la sincérité fonctionnait avec Jenna, il s'en tint à la vérité :

— Je suis ici parce que tu es enceinte.

Il n'avait pas anticipé la réaction de Jenna : elle fit un bond en arrière et se mit en position défensive, comme la spécialiste de la protection rapprochée qu'elle était. Elle semblait parfaitement réveillée, à présent.

— Qui es-tu ?

Sa voix était menaçante et n'exprimait aucune peur. Sebastian leva les mains, paumes vers le haut.

— Relax, Jenna. Nous avons beaucoup de choses à nous dire.

Ses yeux étaient plissés ; son regard, glacial.

— Qui es-tu ? répéta-t-elle.

— Tu sais qui je suis, Jenna, dit-il d'un ton apaisant.

Elle serra les poings. Il décida de lui répondre franchement.

— Je suis Sebastian Redcliff. Je suis le directeur de l'agence centrale du Renseignement.

— Cyrano n'a pas d'agence centrale du Renseignement, répliqua-t-elle, toujours sur le qui-vive.

Il lui décocha un demi-sourire.

— Pas officiellement…

À ces mots, l'hostilité de Jenna éclata comme un ballon de baudruche. Elle se laissa aller en arrière contre la tête de lit, le visage dans les mains. L'information était surprenante pour elle, mais il imaginait qu'elle répondait à trop de ses questions sans réponse pour qu'elle puisse la rejeter.

— Je suis une idiote, soupira-t-elle.

— Parce que tu ignores certains secrets d'État ?

— J'étais membre de la garde royale !

— C'est exactement la raison pour laquelle tu ne devais pas savoir. Sinon, comment aurais-tu eu l'air sincère en affirmant que Cyrano n'a pas d'agence du Renseignement ?

Seuls leurs respirations et les battements de leurs cœurs troublaient le silence nocturne. Puis Jenna laissa échapper un rire sec et sans joie.

— On a fait l'amour…

— On l'a fait. Nous sommes des adultes consentants, ce n'était pas illégal.

— Tu étais un parfait inconnu !

Elle semblait horrifiée par elle-même. Sebastian lui prit la main.

— Apprends à me connaître, alors. Viens à Redcliff avec moi. Restes-y pendant toute ta grossesse. Je prendrai soin de toi, de notre bébé, et tu pourras apprendre à connaître son père.

Elle eut un rire sarcastique.

— Encore faudrait-il que ce soit possible ! ironisa-t-elle, mordante. Est-ce que tu as déjà laissé quelqu'un te connaître ?

Bizarrement, entendre cette vérité dans la bouche de Jenna le blessa. Elle était la seule personne à qui il avait fait cette proposition.

— Non, concéda-t-il.

Elle se redressa lentement et le dévisagea un long moment.

— Tu aurais pu m'appeler. Ou passer à une heure civilisée pour une visite.

— Tu m'aurais ignoré, ou alors ta mère m'aurait dit que tu étais malade.

Jenna se figea. De nouveau, elle le regardait suspicieusement.

— Tu as mis mon téléphone sur écoute.

Sebastian ne prit pas la peine de le nier.

— Il y a des années, quand tu as postulé pour une place dans la garde royale.

— C'est affligeant.

Il secoua la tête.

— Non. C'est du renseignement. À moins que tu ne suggères de laisser n'importe qui devenir membre de la garde royale ?

Elle rit à nouveau et, bien qu'encore légèrement sarcastique, son rire était plus amusé.

— Aucun de nous ne le savait, dit-elle.

— Je te remercie. Je suis fier de mon travail.

— Et Helene ?

— Même la célèbre duchesse de la garde l'ignore.

— Mais elle a le plus haut niveau d'habilitation en matière de sécurité.

Il fronça les sourcils avec une grimace comique.

— Ah bon ?

Jenna rit de bon cœur. Ce son l'apaisa, comme un baume bienfaisant sur une blessure.

Elle secoua la tête, l'air dépitée.

— Je n'arrive pas à croire que j'ai été si naïve.

Puis, revenant à la situation présente, elle ajouta :

— Tu aurais pu appeler ou envoyer un mail. Tu n'avais pas besoin de t'introduire ici comme un voleur.

— C'était le seul moyen d'être sûr de te joindre. Tu as quitté la capitale et n'as répondu à aucun appel, pas même à ceux qui venaient directement du palais. Ah si ! Tu as parlé une fois avec Helene d'Tierrza à son retour.

— En tant que chef du service de Renseignement, tu t'intéresses personnellement aux employés du palais licenciés ? Tu calcules aussi les indemnités de licenciement ?

Sebastian rit. Il aimait l'humour caustique de Jenna, sa vive intelligence.

— Je n'ai jamais rencontré quelqu'un d'aussi *distrayant* que toi, Jenna. Tu me fascines. Et c'était déjà le cas avant que j'apprenne que tu portes mon enfant.

Il continuait sur la même voie avec elle, celle de l'honnêteté et de la sincérité, la seule susceptible, selon lui, de la toucher. L'inconvénient, c'était qu'il maîtrisait moins la situation et devait retenir son souffle en attendant sa réponse – ce qui n'était pas une sensation particulièrement agréable…

Jenna poussa un long soupir. Elle croisa les bras devant son ventre dans une position de protection.

— Très bien, dit-elle finalement, je vais venir avec toi.

Sebastian sentit chaque muscle, chaque nerf de son corps se détendre.

— Merci.

— Je dois faire mes bagages et laisser un mot.

— Que vas-tu dire à tes parents ?

— Ma mère sait pour le bébé. Je vais juste lui dire la vérité : que je suis partie avec le père pour arranger les choses.

La vérité, bien sûr : qu'attendre d'autre de la part de Jenna Moustafa ? songea-t-il.

Elle remplit un sac de vêtements et écrivit la note pour sa famille. Puis elle se dirigea vers la fenêtre.

— Tu peux y arriver seule ? demanda-t-il tandis qu'elle en enjambait l'appui.

Elle le toisa, insolente.

— Les yeux fermés.

Il la suivit dehors en souriant. Même s'il portait son sac, il se sentait plus léger qu'à son arrivée. Il n'avait jamais eu la certitude qu'elle viendrait avec lui. Il ne savait pas ce qu'il aurait fait si elle avait refusé. La séduction n'était plus une option puisqu'il avait résolu de résister à la dangereuse attraction qui subsistait entre eux ; la contrainte physique n'en était pas une non plus, bien sûr. Heureusement qu'elle avait décidé de le suivre…

Le vif soulagement qu'il ressentait lui rappelait la fragilité de sa position face à Jenna. Il s'était imaginé que, comme avec les autres, une nuit aurait suffi à le lasser d'elle. Or, non seulement cela n'avait pas été le cas, mais ils se retrouvaient en plus liés par un enfant à venir. Il allait devoir se montrer précautionneux… et malin.

Il ne la toucherait plus, n'assouvirait pas cette faim qu'il reconnaissait maintenant comme étant le même genre d'obsession qui avait asservi son père. Au lieu de cela, ils allaient travailler main dans la main pour donner à leur enfant le genre d'éducation qui produisait des âmes aussi belles et pures que celle de Jenna. Elle avait gagné sa confiance longtemps auparavant, à tel point qu'il l'avait recommandée auprès du roi pour qu'elle soit affectée à la sécurité de la reine. Il savait donc qu'elle serait une excellente mère. Restait à découvrir si lui serait un bon père…

Sebastian ne ménagea pas sa Koenigsegg Trevita, un bolide produit officiellement en trois exemplaires – le sien, cadeau du roi de Suède pour services rendus, était le quatrième –, si bien que vingt minutes après avoir mis le contact, il arrivait en vue de son domaine. Normalement, le trajet aurait dû lui prendre trois quarts d'heure…

L'imposante entrée en fer forgé, avec un R massif en son centre, s'ouvrit devant la Trevita, dont les puissants phares trouaient l'obscurité. En revenant ainsi au milieu de la nuit, il évitait la gêne d'une arrivée en fanfare sous les yeux de tout son personnel.

Le nom de Redcliff, littéralement « falaise rouge », ne venait pas des falaises du bord de mer, comme la plupart des gens le supposaient. Situé au nord-est de la capitale, le duché, enclavé, n'avait aucun accès au littoral. Il était nommé ainsi en raison de la vallée et des gorges de la Sun, aux parois riches en argile.

Sebastian engagea sa luxueuse voiture de sport dans l'allée sinueuse qui montait vers la résidence ducale. Dans la pénombre, on ne distinguait ni les falaises ni la rivière en contrebas, pas plus que le vert vibrant des collines herbeuses, d'autant plus lumineux par contraste avec la pierre rouge. Jenna ne pouvait pas non plus voir les briques brunes délavées et les toits de tuiles en terre cuite des maisons du village, mais Sebastian pouvait presque les apercevoir tant il connaissait par cœur ce paysage.

Pourtant, il ne se souvenait pas de la dernière fois où il était venu à Redcliff… Six ou huit mois auparavant, sans doute. Cela faisait longtemps. *Trop* longtemps…

Ni manoir ni palais, la résidence de Sebastian était une structure élégante et contemporaine, conçue pour se fondre parfaitement dans le paysage. Doté du meilleur des commodités modernes, intégrées avec goût dans la structure elle-même, cet espace luxueux permettait de rester connecté au monde tout en restant à l'écart de la compagnie des hommes.

Sebastian était responsable de sa conception. À l'époque, il était encore passionné d'architecture. Lorsqu'il était devenu duc de Redcliff à la mort de son père, sa première décision avait été de faire démolir le vieux manoir familial, une monstruosité architecturale massive rendue plus hideuse encore par des ajouts successifs au fil des siècles, pleine de courants d'air, hantée par les souvenirs de l'échec du couple formé par ses parents.

Il pensait alors qu'en rasant et en remplaçant la bâtisse il effacerait ses souvenirs du domaine des Redcliff, qu'il ferait disparaître le sentiment persistant de solitude et d'isolement qui le tenaillait chaque fois qu'il gravissait la colline depuis le village et voyait se profiler les terres de ses ancêtres. Or, il avait vite compris que même la demeure la plus parfaitement conçue ne faisait pas un foyer…

Élégante, luxueuse et confortable, elle avait été pensée pour une famille, ce qui était en passe de devenir une réalité ; toutefois, en entrant dans le vestibule, il comprit pourquoi elle lui avait toujours semblé si froide : il lui avait manqué la présence de Jenna. Avec elle à ses côtés, tout devenait différent.

Était-ce parce qu'elle portait son enfant ou simplement parce qu'elle transformait chaque espace où elle se trouvait ? Sa magie opérait déjà, et ses yeux écarquillés d'émerveillement donnaient enfin une justification à son projet architectural.

Avec elle, cet endroit qu'il avait imaginé pourrait devenir un foyer.

Il la précéda sur une sorte de passerelle entièrement vitrée qui faisait office de couloir, qu'il avait conçu de telle manière qu'on se croie en plein air, comme si on se promenait dans les collines environnantes. Jenna faisait glisser délicatement le bout de ses doigts le long des rampes tout en contemplant le monde extérieur. Sebastian avait l'impression qu'elle caressait sa peau plutôt que le bois brillant. Appréciait-elle qu'il ait fait de la nature un spectacle dont jouir visuellement au quotidien ?

Il la conduisit à la chambre qu'il avait choisie pour elle.

— J'ai pensé que tu aimerais cette pièce.

Il nota qu'elle se crispa imperceptiblement et n'osa pas franchir le seuil.

— Merci. Nous n'avons jamais parlé de…

Soudain, Sebastian comprit sa réaction de recul. Il secoua la tête, anticipant son inquiétude.

— Ma chambre est dans une autre partie de la maison. Mon bureau, cependant, est juste à côté si tu as besoin de quelque chose.

— Et au sujet du bébé…

— Demain, la devança-t-il. Quand on sera reposés. Mets-toi à l'aise, fais comme chez toi. Tu as une salle de bains privative à côté.

Elle le regarda d'un air sérieux, presque grave. Puis elle hocha lentement la tête.

— Merci. Bonne nuit, Sebastian.

— Bonne nuit, Jenna.

8.

En plein jour, la chambre se révélait incroyablement belle. De grandes fenêtres rectangulaires offraient une vue panoramique époustouflante depuis l'immense lit sur lequel Jenna était assise, qui sortait du mur lambrissé et qui, comme il n'avait pas de pieds, semblait flotter au-dessus du sol.

Des étagères plates et cubiques de différentes tailles étaient accrochées avec goût sur les lattes de bois. Y étaient posés des plantes en pot, des sculptures et des livres. Il n'y avait pas de photos, ce qui n'étonna pas Jenna : elle n'imaginait pas Sebastian comme un homme qui aimait les photos de famille.

Elle s'étira. Elle avait dormi profondément et se sentait reposée. Elle se leva lentement, attentive à son estomac – entre sa grossesse et l'effet que Sebastian avait sur elle, son système nerveux était soumis à rude épreuve… Son bébé et le père de celui-ci prenaient beaucoup de place également dans son esprit. Jenna songea qu'elle allait devoir faire attention à elle-même.

Sebastian et elle n'avaient pas eu le temps de discuter des détails de leur arrangement, mais il était clair qu'il leur faudrait maîtriser la force puissante qui les attirait l'un vers l'autre. Céder à ces pulsions, à cette folie, avait fait assez de ravages dans leurs vies.

Fouillant dans son vieux sac de sport de l'académie

militaire, Jenna attrapa la première robe qui lui tomba sous la main – une robe longue en lin rouge vif, ample et aux manches trois-quarts, que sa mère lui avait cousue des années auparavant. Elle était pratique, mais aussi jolie et solide, comme tout ce que sa mère fabriquait.

Elle se dirigea vers la salle de bains. Comme la chambre, elle était lumineuse, grâce à de grandes fenêtres qui donnaient sur un paysage avec d'incroyables falaises de couleur rouille. Une magnifique baignoire en bois, vaste, carrée et profonde, trônait au centre de la pièce. Le revêtement intérieur était fait de ce qui ressemblait à une pierre grise, lisse, le même matériau dans lequel les vasques semblaient avoir été fabriquées.

Une alcôve presque entièrement vitrée abritait une douche incroyable, puisque l'on avait l'impression de se laver en plein air, nu en pleine nature.

Jenna avait vu de nombreux exemples de luxe stupéfiants au cours de sa vie dans la garde royale, mais cette salle de bains était de loin le plus étonnant mariage entre élégance et design qu'elle ait jamais rencontré. Elle prit une lente inspiration, émerveillée par l'audace et l'attrait de cet espace. Il était clair pour elle que Sebastian avait conçu cette maison. C'était tout à fait son genre, d'une audace à couper le souffle.

Cet homme était un hédoniste absolu…

Après s'être rafraîchie et habillée, elle partit à sa recherche.

Devant une porte close, elle perçut les effluves de son eau de toilette, comme un murmure délicat dans l'air. Elle toqua à la porte et l'ouvrit, se retrouvant sur le seuil du bureau de Sebastian, qui était lui aussi à couper le souffle.

La pièce, spacieuse et harmonieuse, donnait sur la Sun. Des étagères encastrées de couleur cerise couvraient toute la longueur du mur à sa gauche, mais c'est la partie bureau qui lui fit écarquiller les yeux de stupéfaction et d'admiration.

Elle était située dans un espace entièrement vitré, en saillie au-dessus des gorges de la rivière, et ne semblait pas avoir de support sous son plancher en bois ciré. Le bureau lui-même était grand, majestueux, disposé sur un magnifique tapis. Être duc dans cette pièce, c'était être le roi du ciel, conquérir les éléments déchaînés, surveiller et commander tout ce que la lumière touchait.

C'était à la fois impressionnant et terrifiant.

Le reste du bureau était dominé par du bois de cerisier et du cuir lisse. Le contraste entre les aspects traditionnel et futuriste était saisissant. Cela évoquait à Jenna le conflit et le triomphe, et elle se demandait quelles batailles menait Sebastian dans cet espace.

Elle sursauta en se rendant compte qu'elle était plantée sur le seuil d'une pièce vide de toute présence humaine.

Elle n'avait jamais été intéressée par la décoration ou le design, mais il était impossible de ne pas être subjugué à l'intérieur du domaine des Redcliff. C'était la maison la plus incroyable dans laquelle elle avait mis les pieds, une œuvre d'art magistrale qui révélait la passion et sa sensualité de Sebastian.

Elle emprunta la longue passerelle, qui à la lumière du jour était encore plus enchanteresse dans son intégration au monde extérieur, et déboucha dans le grand salon ouvert qu'ils avaient traversé en arrivant, la veille au soir.

Sebastian n'était pas là non plus.

Elle suivit la courbe d'une paroi et déboucha au pays des merveilles de tout cuisinier.

Comme la chambre dans laquelle elle s'était réveillée, la cuisine spacieuse était orientée vers les falaises, avec un mur vitré offrant une vue panoramique depuis pratiquement toute la pièce. Un grand îlot était posé au centre, devant une cuisinière et un four de qualité professionnelle. L'évier y était encastré. Autour, un grand comptoir et des plans de travail en marbre brillant donnaient une touche d'élégance à cette cuisine ultramoderne. Même si les appareils ménagers habituels étaient sans doute rangés dans les nombreux placards, il était évident que ce n'était pas une pièce pour magazine de décoration, mais une cuisine fonctionnelle pensée pour se rassembler, préparer et prendre ensemble des repas. Dans les maisons d'aristocrates ou de puissants, les cuisines étaient en général fermées, et le personnel y œuvrait à l'abri des regards. Pas chez Sebastian, pourtant héritier de l'une des plus anciennes familles de Cyrano. C'était une pièce de vie, et d'ailleurs son hôte s'y trouvait, appuyé au comptoir, pianotant sur son téléphone.

Le souffle de Jenna se bloqua dans sa gorge : cet homme était la perfection incarnée…

Ses yeux verts et ses cheveux blonds bien coiffés faisaient ressortir son bronzage parfait. Son grand corps athlétique était mis en valeur par son jean slim et sa chemise. Il était éblouissant, possédait une classe innée – le genre d'homme qui pouvait avoir l'air impeccablement habillé sans aucun effort. Et, paradoxalement, ici, dans sa propre cuisine, il était accessible, un homme ordinaire en quelque sorte, comme si c'était un matin ordinaire et qu'elle le rejoignait pour le petit déjeuner après s'être prélassée au lit. Il n'avait pas l'air du genre d'homme qui pouvait se faufiler dans votre chambre et vous demander de vous enfuir avec lui, ni de celui susceptible de vous demander de faire l'amour avec lui dans une bibliothèque.

Mais tu ne le connais pas vraiment, n'est-ce pas ? songea-t-elle.

Il fallait qu'elle se mette ça dans la tête avant de faire quelque chose d'encore plus stupide que ce qu'elle avait déjà fait avec lui. Venir ici en sa compagnie avait pour but d'apprendre à connaître le père de son enfant, pas de tomber amoureuse – et encore moins dès le premier jour – d'un homme qui n'était pas pour elle.

Jenna se réprimanda mentalement. Sebastian avait l'air aussi peu normal qu'Adonis déguisé en humain, et le sentiment de bien-être qu'elle éprouvait, celui d'être *à sa place*, n'était sans doute causé que par ses hormones et son désir face un homme dont elle était manifestement éprise. Cependant, une mère ne pouvait pas se laisser guider par ce genre de pulsions. Surtout quand l'homme en question voulait tout faire à sa façon et était doué pour y parvenir.

Revigorée par ce rappel intérieur, elle osa le regarder à nouveau.

Elle n'avait pas remarqué qu'il portait des boots en cuir. Cela lui donnait un air encore plus sauvage et sexy. Les boutons du haut de sa chemise en flanelle étaient ouverts. Ses manches retroussées révélaient des avant-bras musclés.

Mon Dieu…

Jenna prit une grande inspiration. Ses résolutions fondaient comme neige au soleil face à l'aura de virilité de cet homme magnifique, encore plus magnétique à la lumière du jour.

Il leva les yeux du téléphone qu'il tenait à la main.

Leurs regards se croisèrent. L'onde électrique jaillit aussitôt entre eux, aussi évidente que si elle avait crépité et fait des étincelles. « Attirance » était un mot trop faible pour décrire ce qui vibrait entre eux ; trop doux, comme un flirt. Ce qui les reliait était brut, exigeant, implacable. C'était comme s'ils s'accrochaient l'un à l'autre, s'entremêlaient comme du lierre. Jenna avait le souffle court. Son corps s'était instantanément réveillé, lui faisant regretter de ne pas avoir choisi autre chose à porter que sa robe légère.

Le même appétit féroce qui irriguait ses veines brûlait dans le regard de Sebastian, peut-être encore plus intensément que dans la bibliothèque du palais des d'Tierrza. Dans ses prunelles vertes dansaient les caresses qu'il voulait lui prodiguer, les territoires inconnus où il voulait l'emmener.

Cherchant sans succès à retrouver le fil de ses bonnes intentions malgré sa délicieuse fascination pour Sebastian, Jenna claqua des doigts pour rompre le sortilège qui l'envoûtait.

— Bonjour, lança-t-elle.

Il rit.

— Bonjour. Puis-je te proposer quelque chose à boire ? J'ai plusieurs options. Une limonade au gingembre ?

Elle ne l'aurait jamais cru capable de faire preuve de douceur et de charme, et pourtant…

— Parafait. Merci.

Sebastian lui servit un verre. Quand il se retourna pour remettre la limonade dans le réfrigérateur, Jenna fut remplie du désir ardent que sa présence ici concerne l'énergie qui grésillait encore entre eux plutôt que les dispositions à prendre pour leur enfant à naître.

Hélas ! ce genre de situations torrides n'était pas pour les femmes comme elle. Elle était un personnage secondaire, pas principal.

— Ta maison est étonnante. Même si je ne m'y sens pas vraiment à ma place, admit-elle après une gorgée de délicieuse limonade bien fraîche.

— C'est dommage. Parce qu'un jour ton enfant en sera propriétaire.

Jenna n'en revenait pas : comment pouvait-il dire cela de manière aussi désinvolte comme s'il était à l'aise avec le soudain bouleversement de sa vie ? L'était-il vraiment ou était-ce une posture ? De son côté, il lui fallait plus de temps pour s'adapter. Elle se demandait même quelle place elle aurait dans la vie de l'enfant qui posséderait un jour ce domaine. Elle ne comprenait pas encore que cet enfant et le sien ne seraient qu'une seule et même personne.

Quoi qu'il en soit, les paroles nonchalantes de Sebastian avaient quelque chose de chaleureux et de tendre. Il avait le don de lui faire un peu oublier qu'elle n'appartenait pas au monde dans lequel elle se trouvait tout à coup plongée.

— J'ai téléchargé ton planning de rendez-vous et mis à jour ton dossier avec ta nouvelle adresse, à savoir ici. Et j'ai noté mon numéro comme celui à appeler en cas d'urgence.

Jenna ouvrit de grands yeux, choquée.

— C'est complètement déplacé ! Le grand public serait horrifié de savoir que tu peux accéder à ce genre d'informations !

— Tu as tout à fait raison, répondit-il avec sérieux. Et pour cette raison, je te demande de garder cela pour toi. Je sais que je peux te faire confiance. Tu as prêté le serment de protéger et de servir.

— Ce sont de jolis mots alors que tu violes la vie privée des gens !

Il lui posa la main sur l'épaule. Ce contact raviva la flamme qui couvait en elle.

— J'ai une foi absolue en toi, déclara-t-il.

Il paraissait sincère, et avait raison de lui faire confiance. Ils étaient peut-être des étrangers l'un pour l'autre, et pourtant, à bien des égards, il la connaissait, la comprenait. Elle ne pouvait pas en dire autant de lui, cependant.

— Tu en sais plus sur moi que je n'en sais sur toi, lui fit-elle remarquer.

— J'en sais plus sur la plupart des gens qu'ils n'en savent sur moi.

— La plupart des gens ne vont pas être la mère de ton enfant.

Un moment de silence accueillit sa réplique. Puis Sebastian hocha la tête.

— Tu as raison.

— Tu es donc d'accord : je devrais te connaître.

— Je suis impénétrable.

— Seul Dieu est impénétrable. Parle-moi de toi.

Il soupira, comme si cette perspective l'ennuyait au plus haut point.

— Que veux-tu savoir ?

Elle haussa les épaules.

— Qu'est-ce que tu aimes ? Quelle est ta couleur préférée ? Seulement la vérité.

Jenna se représenta ses questions se posant sur lui comme des oiseaux, commençant par un seul puis se transformant en une nuée. Sebastian s'était figé. Les yeux légèrement plissés, il la scrutait, tandis que les rouages de son cerveau semblaient tourner à toute vitesse. Elle comprit que ce qu'il allait lui révéler aurait été minutieusement traité et contrôlé.

— J'aime savoir des choses que les autres ne savent pas, et ma couleur préférée est celle de tes yeux.

Une fois de plus, il l'avait désorientée en lui disant la vérité. Plusieurs vérités, en fait, chacune trop substantielle pour être absorbée en une fois – surtout depuis qu'il s'était déplacé derrière elle et avait glissé les doigts dans ses cheveux pour lui masser la tête…

La caresse était douce, mais elle signifiait que même s'il s'efforçait de s'ouvrir, il ne voulait pas vraiment partager avec elle. Jenna essaya de toutes ses forces de se contrôler, mais elle ne put empêcher un gémissement langoureux de franchir ses lèvres. Pour leur bien à tous les deux, elle n'aurait pas dû exposer cette preuve de sa faiblesse, mais comment résister ? Sebastian laissa échapper un soupir de frustration, puis lui releva le menton et prit ses lèvres dans un baiser délicat et retenu malgré la passion sous-jacente.

Lorsqu'il s'écarta, lentement, elle resta immobile. Pendant un moment, elle savoura, paupières closes, ce qui n'aurait pas dû se produire. Puis elle ouvrit les yeux.

— Sebastian, on ne peut pas…

Une expression étrange apparut sur son visage, mélange de convoitise, de gravité et d'intensité, mais elle disparut avant que Jenna puisse l'analyser.

— Tu as raison, déclara-t-il en s'éloignant d'elle.

— Nous devrions parler de…

— Pas encore, la coupa-t-il d'une voix tendue, l'expression soudain plus sombre. J'ai quelque chose à te montrer.

— Quoi ?

Son corps était toujours attiré par celui de Sebastian tandis que son esprit faisait de son mieux pour tout remettre en place après leur erreur.

— Le reste de la maison. Je l'ai conçue moi-même, tu sais.

Jenna sauta sur l'occasion qui lui était donnée de changer de sujet :

— Je m'en doutais !

Le reste de la demeure était aussi stupéfiant que la petite partie qu'elle en avait vue. Jenna retrouvait partout l'empreinte de Sebastian. Les matériaux qu'il avait choisis, les shoji – cloisons translucides à la mode japonaises – et les fenêtres avec vue sur la falaise assuraient une luminosité maximale partout et des jeux d'ombres incroyables.

— Tout le monde veut de la lumière naturelle, mais je n'aurais jamais imaginé que les ombres pouvaient être utilisées de manière aussi artistique pour mettre en valeur une pièce, dit-elle à Sebastian, admirative.

— Tu es très observatrice. Peu de gens le remarquent.

Chaque pièce révélait son lot de surprises : une incroyable salle de conférences high-tech, une salle de sport suréquipée, des chambres panoramiques situées à l'extrémité de la maison, où deux étages avaient été construits autour du plus grand arbre que Jenna ait jamais vu sur l'île de Cyrano…

Lorsqu'elle était membre de la garde royale, Jenna était entrée avec le roi et la reine dans certaines des maisons les plus extravagantes et les plus chères du monde, mais celle-ci était la première à lui faire souhaiter avoir l'argent nécessaire pour créer quelque chose de semblable pour elle-même.

Grâce à l'ingéniosité de Sebastian, la résidence était aménagée de telle sorte que presque toutes les pièces qu'il lui montrait offraient une vue étonnante sur les falaises, avec leurs cascades et la rivière en contrebas. Ce domaine avait bien plus de personnalité que n'importe quel blason ; comme Sebastian, il était trop sauvage pour être subtil.

Si tu aimes la vue, c'est parfait, susurra sa petite voix intérieure romantique.

— Et maintenant, ma pièce préférée, annonça Sebastian en s'arrêtant devant une porte.

Jenna avait encore des étoiles dans les yeux après avoir vu tant de pièces plus originales les unes que les autres.

— Tu veux dire qu'elle surpasse les autres ? s'exclama-t-elle, sceptique. Permets-moi d'en douter.

— Je pense que toi aussi tu la trouveras saisissante…, répondit-il d'un air mystérieux.

Il ouvrit la porte. Jenna sentit aussitôt le rouge lui monter aux joues.

C'était une bibliothèque…

Elle était plus petite que celle qui était désormais gravée pour toujours dans la mémoire de Jenna et ressemblait à un sanctuaire douillet, cossu. Au fond de la pièce, une cheminée était déjà garnie de bûches, prête pour une bonne flambée.

Alors que la bibliothèque des d'Tierrza recelait de nombreux coins-lecture, celle-ci proposait en son centre un espace confortable où plusieurs personnes pouvaient lire tranquillement ensemble. Sur un magnifique tapis persan étaient disposées des petites tables basses à côté d'un canapé, de deux grands fauteuils, de deux énormes coussins et d'une multitude de petits. Jenna se dit que dans un tel endroit on devait prendre plaisir à lire. Ou à faire l'amour…

Si la bibliothèque des d'Tierrza avait été construite pour étaler la richesse de la famille, celle des Redcliff l'avait été pour être un lieu vivant.

En posant les yeux sur une étagère pleine de livres apparemment récents, Jenna tiqua. Elle se rapprocha et commença à en lire les titres. Alors, son pressentiment que ces nouveaux livres avaient été choisis pour elle se transforma en certitude : ils traitaient de sujets qui l'avaient passionnée à l'académie militaire, ou avaient été écrits par ses romanciers préférés. Elle était impressionnée par cette sélection. Sebastian avait accès à toutes les informations concernant chaque citoyen de Cyrano, certes. Toutefois c'était insuffisant pour savoir choisir un livre pour quelqu'un. Elle se dit également qu'il avait été certain qu'elle le suivrait à Redcliff.

Ce qui l'intéressait davantage que les excellents ouvrages qu'il avait sélectionnés pour elle, c'était ceux qu'il avait choisis pour lui-même au fil des ans. Sous son regard attentif, elle marcha le long des étagères en lisant les titres, en faisant courir les doigts sur les dos des livres. Histoire, relations internationales, sociologie, linguistique, politique et bien sûr architecture et design dominaient. Cela en disait beaucoup sur Sebastian, mais rien qu'elle ne sache déjà.

Il avait dû faire de longues études pour en arriver là où il était, mais Jenna était impressionnée de constater qu'il continuait à apprendre. Ce n'était pas le passe-temps préféré des aristocrates et héritiers qu'elle avait croisés dans sa vie.

La maison qu'il avait imaginée était époustouflante, mais c'était cette représentation du jardin intérieur de Sebastian, où il l'accueillait presque avec dévotion, qui touchait le plus Jenna et ébranlait les défenses qu'elle avait érigées autour de son cœur.

Soudain submergée par l'émotion, elle ne put que bégayer :

— Tu ne manques pas d'audace…

Il lui retourna un demi-sourire.

— Je pense que nous le savons tous les deux, non ?

Jenna fit de son mieux pour demeurer rationnelle et posée. Elle n'avait pas besoin de flirter avec cet homme, mais d'apprendre à le connaître et de planifier avec lui un avenir pour leur enfant. Mais comment rester de marbre quand les souvenirs et les sensations qui inondaient son esprit et son corps la renvoyaient dans une autre bibliothèque ?

Elle le désirait encore plus aujourd'hui, et son instinct lui affirmait qu'il en était de même pour lui. Leur désir commun était aussi tacite que leur accord pour y résister. Ils avaient tant de choses à faire, à planifier, à apprendre l'un sur l'autre et sur le monde qu'ils allaient construire pour leur enfant !

Oui, songea Jenna, troublée, ils voulaient les mêmes choses, y compris celles qu'ils ne pouvaient pas avoir.

Elle plongea le regard dans ses yeux verts. Elle était incapable de dire qui était Sebastian Redcliff, pourtant une partie d'elle était convaincue qu'il lui appartenait. Il la fascinait.

Attirés comme deux aimants, ils avancèrent l'un vers l'autre d'un même élan, comme si des puissances supérieures l'avaient chorégraphié.

Il entrouvrit les lèvres au moment où elle passait la langue sur les siennes.

— Le bébé…, bredouilla-t-elle.

Il hocha la tête.

— Il faut qu'on parle du bébé, acquiesça-t-il.

Jenna avait la chair de poule. La chaleur montait à ses joues.

— Le bébé. D'abord et avant tout.

La tension entre eux était à son comble.

Soudain, Sebastian fit un pas de plus et l'entoura de ses bras.

Alors, dans un soupir vaincu, Jenna se laissa embrasser… et lui rendit son baiser.

Son corps n'était plus qu'un élan de désir pour Sebastian. Jenna avait envie de le mordre, de le savourer, de le lécher. Elle le voulait en elle, doux et tendre, viril aussi.

Leur premier baiser avait été pour elle un éveil. Dans la cuisine, le matin même, leur baiser avait été comme le prolongement d'un rêve enchanté. Celui-ci était un incendie, un brasier que Sebastian avait allumé au plus profond d'elle-même. Elle ignorait comment le maîtriser. D'incroyables bouffées de plaisir excitaient ses terminaisons nerveuses. Elle se sentait insatiable, prête à s'abandonner dans ses bras jusqu'à la fin des temps.

Lorsque la main de Sebastian toucha sa poitrine par-dessus le fin tissu de sa robe, elle gémit contre sa bouche. Alors, comme si cela avait été un signal pour lui, il la prit dans ses bras sans jamais rompre leur baiser avant de la porter jusqu'au canapé, où il l'allongea.

Jenna caressa son torse et ses épaules musclés, par-dessus son pull tout d'abord, avant de glisser les doigts dessous pour sentir sa peau chaude palpiter sous ses mains. C'était tellement grisant qu'elle en eut le souffle coupé. Dans le cœur de sa féminité, le désir pulsait avec une violence délicieuse. Le fait que cet homme puissant tremble pour elle renforçait son excitation et la bouleversait tout à la fois.

Elle percevait les vêtements qui les séparaient comme des murs de prison, tant elle avait envie de fusionner avec Sebastian – et elle savait au plus profond d'elle-même qu'il ressentait le même puissant besoin.

Alors qu'elle s'apprêtait à le dévêtir sauvagement, le téléphone de Sebastian vibra dans sa poche, puis une sonnerie joviale absolument déplacée au milieu de leurs respirations haletantes retentit.

Désorientée, Jenna le vit s'écarter et sortir l'appareil de sa poche. Il avait l'air aussi ébranlé qu'elle.

— C'est le roi. Je dois le prendre, annonça-t-il.

Il s'éloigna à grands pas tout en se rajustant. C'était comme si on lui avait versé un seau d'eau froide sur la tête. Jenna frissonna, glacée alors qu'elle était en feu quelques instants auparavant.

Il semblait que l'influence du roi Zayn s'étendait encore plus loin qu'elle ne l'avait imaginé. Il avait réussi à s'immiscer dans sa relation coupable avec Sebastian, malgré le fait qu'il était à des heures de distance et qu'elle n'était plus à son service.

Mais cette fois-ci, pensa-t-elle en se ressaisissant, le son de la conversation en sourdine de Sebastian en arrière-plan, *l'interruption n'est pas arrivée trop tard, après que des choses avaient été dites et faites, qui ne pouvaient être retirées.* Le roi leur avait au moins évité de répéter cette folie. La dernière chose dont Sebastian et elle avaient besoin était d'être à nouveau intimes. Ils avaient besoin de s'asseoir et d'avoir des conversations sérieuses. Ils avaient besoin de mettre au point un plan pour être parents ensemble.

L'attirance inflammable entre eux s'était intensifiée, mais elle ne ferait que les brûler tous les deux. C'était plus clair que jamais. Et il était clair aussi qu'aucune de ces discussions n'allait avoir lieu dans cette somptueuse bibliothèque. Ils avaient besoin d'un espace moins sensuel, un endroit où ils ne seraient pas tentés d'explorer autre chose que l'avenir de leur enfant.

Alors, plutôt que d'attendre que Sebastian termine son appel téléphonique, Jenna fit un geste pour s'excuser, ignora le froncement de sourcils qui lui intimait de rester et retourna à la cuisine pour l'attendre.

Dans cette pièce, avec de l'espace entre eux, ils pourraient sûrement se parler plus sereinement.

9.

Sebastian fulminait lorsqu'il raccrocha. Il devait retourner dans la capitale. Les informations que le roi devait lui communiquer ne pouvaient être délivrées qu'en personne. En général, c'était le genre d'informations pour lesquelles Sebastian vivait, des secrets si importants qu'ils pouvaient à peine être prononcés ; mais en ce moment il avait des choses plus importantes en tête.

Frustré par ce timing, même s'il reconnaissait que l'appel du roi Zayn lui avait évité de faire une grave erreur, il partit à la recherche de Jenna. Il devinait qu'il la trouverait dans la cuisine. Garder ses distances avec elle s'avérait plus difficile que prévu, ce qui signifiait que la menace qu'elle représentait pour lui était grande. Ce serait un exercice d'équilibriste difficile de garder son self-control alors qu'elle restait à portée de caresses. Il allait devoir réussir à rester sur la ligne de crête.

— Je dois aller dans la capitale, lui annonça-t-il en pénétrant dans la cuisine. Je serai de retour ce soir.

Elle ouvrit la bouche, probablement pour demander plus d'explications, mais il leva la main.

— Je t'en dirai davantage plus tard.

C'était un ordre, et pourtant il resta planté là, attendant une réponse de Jenna. Personne d'autre n'avait le privilège de lui dire oui ou non, de le soumettre à ses desiderata.

Cela en disait long sur leur relation : il était complètement à sa merci. Cela l'irritait, mais il était inutile de lutter.

Finalement, elle céda d'un bref signe de tête.

— Bien. Mais il faut qu'on parle.

— En effet. Ce soir, promis.

Il fut surpris de s'entendre lui promettre quelque chose. Un maître des ombres et de la manipulation comme lui ne promettait pas à la légère. Les promesses étaient une forme d'honnêteté qui pouvait trop facilement être utilisée comme une arme contre celui qui les formulait.

Il fut encore plus surpris lorsque, sans réfléchir, il pivota, attrapa Jenna par le bras, l'attira contre lui et déposa un baiser sur son front, puis un autre sur ses lèvres, avant de la relâcher.

Ce ne fut qu'en sortant de la cuisine qu'il comprit qu'il l'avait embrassée pour lui dire au revoir ; et en quittant Redcliff, qu'il réalisa à quel point il était bon d'avoir une raison de rentrer chez soi.

Il faisait nuit quand Sebastian franchit la porte de sa demeure, bien plus tard que prévu.

Il avait appris de la bouche du roi Zayn que la reine Mina était enceinte. Il semblait que les grossesses étaient dans l'air en ce moment et se produisaient facilement. Pour lui, cela signifiait repenser les protocoles de protection de la famille royale. Savoir s'adapter était la base de son métier.

La nouvelle était purement professionnelle. En tant que membre de la noblesse cyranaise, Sebastian côtoyait Zayn depuis toujours, mais même s'il le respectait énormément comme homme et comme dirigeant, ils n'étaient pas amis. Pourtant, il n'avait pu s'empêcher de penser que l'enfant du couple royal pourrait être un compagnon de jeu pour le sien.

Il n'aurait jamais imaginé que, plutôt que de lui procurer un léger sentiment de plaisir à l'idée qu'un homme qu'il appréciait avait des raisons de se réjouir, son esprit se mettrait à envisager de futurs camarades de jeu pour son enfant.

En entrant dans le garage et en coupant le contact de sa voiture, Sebastian se dit qu'avec Jenna chez lui le trajet entre Redcliff et la capitale semblait plus court.

Il la trouva dans la bibliothèque, assise dans l'un des grands fauteuils, les jambes repliées sous elle.

— Je me suis permis d'allumer le feu, dit-elle en guise de salutation en désignant d'un geste la cheminée.

Il savait qu'elle avait eu beaucoup de temps pour réfléchir, y compris à tout ce dont ils devaient discuter concernant leur enfant à venir.

— Tu as bien fait. Je suis content que tu fasses comme chez toi.

— Qu'est-ce que le roi avait à te dire ?

L'envie était là de partager sans réserve, alors Sebastian se déroba.

— Allons faire un tour, proposa-t-il.

Jenna insisterait, il le savait, mais l'invitation lui ferait gagner du temps. Elle soutint son regard pendant un moment. Ses prunelles sombres et profondes le transperçaient. Elle ne semblait pas dupe de sa manœuvre de diversion, mais acquiesça d'un hochement de tête.

— Il fait un peu frais, dehors, la prévint-il.

— Je vais prendre un manteau.

Jenna portait un long pardessus ajusté sur sa robe rouge, qu'elle avait assortie d'une paire de bottes souples. Selon les canons de la mode, ces deux pièces n'auraient pas dû se marier, et pourtant sur Jenna l'ensemble était élégant, équilibré, un mélange de style campagnard et urbain, de masculin et de féminin, de sophistiqué et de naturel.

Il lui prit le bras et la conduisit sur le sentier qui serpentait dans les bois. Marcher dans son domaine, dans ce paysage seulement éclairé par la lune, apportait à Sebastian un sentiment de paix qu'il n'avait jamais connu auparavant, même s'ils étaient ici pour discuter de leur avenir commun – un avenir rendu infiniment plus compliqué par l'intensité de l'attirance qui existait entre eux.

La journée avait été un mélange d'émotions qu'il n'avait pas réussi à parfaitement canaliser, avec comme points d'orgue la douceur de leur baiser dans la cuisine et la frénésie de leur étreinte contrariée dans la bibliothèque. Avait-il une fois de plus choisi la mauvaise voie avec elle ? Aurait-il dû l'installer ailleurs qu'à Redcliff, à une distance qui empêche toute tentation ? Il se rassura en songeant qu'une fois les règles établies, en particulier celles concernant la distance physique, il n'y aurait plus aucune raison pour qu'ils dérapent.

— Que t'a dit le roi ? demanda Jenna au bout de quelques minutes de silence, seulement troublé par les bruits nocturnes de la nature environnante.

Une autre femme aurait immédiatement abordé la question la plus urgente : leur bébé. Pas Jenna. Elle était avant tout une professionnelle. Sa mission envers le couple royal était plus qu'un travail pour elle, c'était une partie de son être.

— La reine est enceinte, répondit-il finalement.

Jenna s'immobilisa, tendue, la main posée sur son ventre en un geste instinctif – de protection ? de sororité ? Une chose semblait sûre : même démise de ses fonctions, le cœur sûrement brisé tant elle s'était toujours investie dans son rôle dans la garde royale, elle pensait avant tout à la reine Mina.

— C'est merveilleux, déclara-t-elle.

Il décida de se montrer impitoyable, pour le bien de Jenna :

— Ce n'est pas le cas. Ça te fait du mal de le découvrir de cette façon.

Elle grimaça, mais ne nia pas.

— Je suis heureuse pour elle.

Sebastian savait quand elle disait la vérité, mais il voyait bien que la joie qu'elle éprouvait pour son amie n'était pas assez forte pour soulager sa douleur.

Une vague inhabituelle d'irritation envers le roi monta en lui. C'était son travail de prendre fait et cause pour le roi, mais en renvoyant Jenna si impétueusement Zayn avait commis une énorme erreur ; et parce que cette erreur avait causé un préjudice irréversible à Jenna, elle était impardonnable.

La reine, qui considérait Jenna plus comme une véritable amie que comme une subordonnée, avait plaidé sa cause auprès de son mari, insistant pour qu'il revienne sur sa décision. Cependant, lorsque le roi avait capitulé et tenté de rectifier son erreur, Jenna avait refusé de répondre à ses appels, tout comme à ceux de la reine. Cette attitude réclamait beaucoup de cran et avait impressionné Sebastian.

Or, le courage ne guérissait pas les sentiments, et il soupçonnait que ce dont elle avait besoin, c'était de parler à ses amis. Et s'il excellait à planifier dans l'ombre, il était impuissant face à la douleur de la jeune femme. C'était à elle de faire le premier pas.

Il songea qu'il pourrait l'y encourager en lui délivrant quelques informations supplémentaires ; même si elles allaient lui faire du mal. Peut-être *surtout* parce qu'elles allaient lui faire du mal…

— Elle passe sa grossesse au palais d'été.

Jenna hocha la tête.

— C'est logique. Hel l'accompagnera-t-elle ?

Sebastian pouvait voir tourner les rouages de son esprit. Il n'était pas d'usage que l'équipe de sécurité habituelle accompagne la famille royale au palais d'été, mais la question était pertinente, car ses amies manqueraient à la reine lors d'un séjour aussi prolongé.

— Non. Helene est également en congé maternité.

— Quoi ? s'écria Jenna, l'air abasourdie. Mais elle…

Elle se tut avant de révéler ce que Sebastian supposa être une information d'ordre personnel. Quel obstacle avait bien pu empêcher Helene d'Tierzza d'avoir un enfant – ce que l'on attendait de l'héritière de l'une des plus anciennes familles du pays ? Intrigué, comme toujours à la perspective d'avoir accès à un secret, il réfréna sa curiosité et reporta son attention sur Jenna.

— Elle ne me l'a pas dit, reprit-elle d'une voix lasse.

— Vous n'avez parlé qu'une fois, dit Sebastian, qui se rappelait les enregistrements téléphoniques qu'il avait entendus.

— Juste après son retour, confirma Jenna. J'étais si heureuse qu'elle soit saine et sauve ! Mais quand elle a essayé de me convaincre de revenir dans la capitale, je n'ai pas pu. J'ai trouvé une excuse pour couper court à la conversation. Je ne lui ai pas laissé une chance.

— Pourquoi ?

Jenna leva les yeux vers lui, apparemment surprise par sa question.

— Je…

Elle se tut et baissa la tête, comme sur le point de faire un aveu pénible. Sebastian attendit.

— Je ne suis pas à ma place, là-bas.

Si Jenna n'avait pas eu l'air aussi grave, Sebastian se serait moqué d'elle.

— Tu plaisantes ? s'exclama-t-il. Tu es l'un des meilleurs gardes royaux que nous ayons vus depuis plus de dix ans, Jenna. Tes états de service sont impeccables, et tu n'as fait que t'améliorer au fil des ans.

— Il ne s'agit pas de cela. Au palais et dans la capitale, je suis invisible.

Sebastian fronça les sourcils, pas certain de comprendre où elle voulait en venir.

— Un garde royal est censé être discret, non ?

Jenna leva les yeux au ciel avec un soupir exaspéré, comme si elle se retrouvait face au dernier des abrutis.

— Sebastian, Helene est ma meilleure amie depuis près de dix ans ! Et pourtant, la première fois que je suis allée chez elle, c'était il y a un peu plus d'un mois, à l'occasion du gala de charité. Elle et la reine sont les seules personnes que je considère comme des amies. Je pensais que nous étions plus que nos rôles respectifs : des proches qui échangent, s'écoutent, se parlent, s'aiment sincèrement. Et pourtant, aucune des deux ne m'a annoncé sa grossesse.

— Tu ne leur as pas non plus annoncé la tienne, fit-il remarquer, jouant le rôle de l'avocat du diable.

— Ce n'est pas la même chose ! protesta Jenna. Elles appartiennent à ce monde. Elles en comprennent les règles et savent où est leur place. Je pensais que moi aussi, mais j'avais tort.

— C'est *toi* qui as refusé leurs appels.

— Parce qu'elles essayaient seulement de me faire revenir !

— Parce que ta place est là-bas, insista-t-il.

— Non, Sebastian. Helene y est à sa place. Elle y est née et ne pourrait pas être invisible, même si elle essayait.

— Et la reine ?

Jenna balaya la question d'un geste de la main.

— C'est la reine. Elle est à sa place où elle veut.

— Elle veut que tu sois à ses côtés.

— Pour être son amie sur le registre des employés. Quel genre d'amitié est-ce là ? Quelle sorte de vie ? Lorsque j'ai quitté ma maison, ma campagne et ma famille pour la capitale, je voulais faire partie du reste du monde, me trouver une place au milieu de l'agitation et du bruit. Tout ce que j'ai gagné, c'est de faire partie des meubles, au fond du décor. Je ne veux plus être reléguée en arrière-plan, vivre seulement l'écho de mon existence. Je pensais pouvoir tout avoir, mais il s'avère que tout le monde avait raison et que j'avais tort. Mon choix est simple : je peux être considérée comme une femme de valeur, respectable, si je renonce à ma carrière et me marie comme mes amies du Prieuré, ou je peux retourner dans la capitale et redevenir une silhouette bleue interchangeable avec une tache sur son uniforme. Tu appelles ça « être à sa place » ? Pas moi !

Elle le défiait du regard à présent, les mains sur les hanches, plus belle que jamais…

Pour avoir vu à l'œuvre chez son père ce mélange de honte et de dégoût de soi, Sebastian en reconnaissait les signes. Jenna brossait un tableau tronqué de sa vie, mais il savait qu'il ne fallait pas le lui faire remarquer frontalement.

— Le fait d'être seulement la deuxième femme nommée dans les forces royales de sécurité et d'être sortie major de l'académie militaire peut difficilement être considéré comme « l'écho d'une existence », Jenna.

— Bien sûr que si ! La réussite professionnelle n'a rien à voir avec une vie riche en amour, en chaleur et en rires. Les honneurs ne font pas une famille ou un foyer.

Il posa les yeux sur son ventre.

— Ton état contredit cette affirmation.

— Une grossesse ne fait pas une famille, Sebastian.

Il résista à l'envie de rire. Elle avait raison. C'était l'attachement et le dévouement qui faisaient une famille.

— L'amour fait une famille, poursuivit-elle.

Sebastian laissa échapper un ricanement, légèrement surpris d'entendre une femme aussi intelligente et terre à terre que Jenna prononcer un tel cliché.

— L'amour rend les gens égoïstes et faibles. En revanche, une mère et un père engagés pour l'avenir de leur enfant forment une famille.

Une expression de dégoût déforma les traits délicats de Jenna.

— Ça ressemble à un arrangement commercial.

— Ce serait une chance pour tout le monde si plus de gens prenaient la parentalité au sérieux, répliqua-t-il, tout en se demandant comment la conversation en était arrivée là.

— Bien, pourquoi ne pas aller droit au but alors ? Je suppose que tu as déjà un certain nombre de propositions à me faire concernant l'avenir de notre enfant.

Sebastian était irrité. Sans le savoir, Jenna se moquait de l'une des plus grandes leçons que lui avait enseignées la vie. Chérie et adorée par les siens, elle n'avait aucune idée de ce que c'était que d'avoir des parents sans projets, sans propositions, voire sans pensées pour leur enfant.

— Oui, confirma-t-il, et je suis sûr que nous allons réussir. Mais nous étions en train de parler de ton idée inepte de la place que tu occupes dans le monde…

— Inepte ? s'emporta-t-elle, indignée. Désolée d'avoir remarqué que les gens autour de moi me considèrent comme un élément de décor !

— Tu n'exagères pas un peu ?

— En dehors du roi, de la reine et d'Helene, je pense que tu es la première personne de la capitale à m'avoir vue.

Ses mots faisaient du bien à son propre ego, mais ils ne semblaient pas apaiser les blessures de Jenna, blessures qui étaient clairement plus anciennes que ce qui se jouait entre eux.

— Je ne suis pas d'accord, Jenna. Ton travail est admirable et remarqué. Tu as été personnellement choisie par le roi pour protéger la reine. Ton nom est régulièrement cité en exemple pour les jeunes filles de la nation. Pour faire simple, tu es admirable, et cela ne passe pas inaperçu.

— Je ne le suis pas. Je suis trop « Prieuré » pour la capitale, et trop « capitale » pour le Prieuré. Retourner au palais, c'est accepter une vie sans amour, sans famille et sans compagnie. Une vie dans laquelle mes relations les plus importantes vivent et meurent en fonction de mon emploi. Je veux construire ma propre maison, plutôt que de simplement visiter pendant mes congés celle où j'ai grandi. Je veux connaître les familles de mes amis les plus proches, et que leurs enfants m'appellent « tatie », pas « sergent Moustafa ». Lorsque j'ai rangé ma chambre après mon renvoi, j'ai compris que les dix dernières années de ma vie tenaient dans trois cartons, et il n'y avait personne pour me dire au revoir quand je suis partie. Je ne veux pas d'une vie où ma présence ou mon absence ne fait aucune différence, même si partir signifie abandonner tout ce à quoi je me suis consacrée au cours des deux dernières décennies. Pendant tout ce temps, je pensais que je suivais mes rêves, alors qu'en fait je ne vivais que pour la Couronne. Je veux une vie pour moi aussi. Une vie pour notre bébé.

— Ah oui ! une vie pour notre bébé, répéta doucement Sebastian.

Il était désireux d'éviter de malmener ses sentiments délicats. Il aurait pu argumenter, lui faire remarquer que son absence ou sa présence faisaient une différence pour le roi et la reine, qui la suppliaient de revenir, pour Helene d'Tierzza, son amie, mais il s'en abstint. Comme dans toute opération, il fallait de la finesse pour faire revenir quelqu'un à la raison. Si elle était déterminée à rester aveugle à l'impact qu'elle avait sur les vies de ceux qui l'entouraient, il était inutile d'insister. Inévitablement, elle s'en rendrait compte par elle-même.

Sebastian se contenta donc de rebondir sur des questions plus urgentes :

— Je veux que tu restes ici vivre avec moi, à Redcliff. À partir de maintenant.

La surprise se peignit sur les traits de Jenna. Il jubilait d'être à nouveau celui qui désarçonnait l'autre.

— Vivre avec toi ? répéta-t-elle, hébétée.

— À partir de maintenant, insista-t-il. Tu seras choyée pendant ta grossesse, tu pourras récupérer tranquillement après ton accouchement et ensuite toi et notre enfant pourrez résider à Redcliff, où nous l'élèverons ensemble.

— Tu as déjà pensé à tout, on dirait…

Sebastian la dévisagea lentement.

— Seulement si tu es d'accord.

— Et si je ne le suis pas ?

— J'ai anticipé que tu le serais.

Cette affirmation sans nuances lui valut un rire sec en retour.

— Comment veux-tu que nous élevions notre enfant s'il n'y a pas de « nous » ?

— Je ferai partie de la vie de mon enfant, asséna-t-il d'une voix dure.

Cela n'intimida nullement Jenna, qui employa le même ton pour répliquer :

— Je suis heureuse de l'entendre. Je n'en attendais pas moins. Cependant, nous ne formons en aucun cas une cellule familiale, ni une cellule de quelque nature que ce soit, d'ailleurs. Par conséquent, nous devons décider comment nous allons gérer la cela ensemble.

— Tu n'en as pris conscience que récemment, mais nous avons une longue et efficace expérience de travail en commun. Je n'imagine pas que le rôle de parent sera moins exigeant que celui d'assurer la sécurité de la famille royale. Je suis convaincu que nous avons les compétences requises.

— Il t'est venu à l'esprit que je pourrais ne pas vouloir rester ici aussi longtemps ? Même si elle est misérable, j'ai ma propre vie !

— Personne ne suggère que tu n'as pas de vie, Jenna, dit-il, avec patience, comme quand on apaise la colère d'un enfant. Et nous parlons de questions pratiques. Ici, tu auras toutes les ressources de Redcliff à ta disposition pour assurer à notre enfant l'environnement le plus sûr et le plus sain pour grandir. Comme tu n'as pas d'emploi actuellement et que tu résides chez tes parents, je pense que c'est la meilleure solution pour préparer la naissance de notre enfant et l'élever.

La colère faisait luire les yeux de Jenna.

— Et quel est ton plan pour nous deux, dans ta grande sagesse ?

Il haussa les épaules.

— Je suppose que nous serons bien assez occupés avec l'éducation de notre enfant.

— Et que se passera-t-il quand tu en auras assez de jouer au papa et à la maman ? Ou quand tu auras repéré ta prochaine conquête ?

— Ce n'est pas un jeu pour moi, Jenna, affirma-t-il, très sérieux. Tu portes mon enfant et mon héritier.

— Donc, tu as l'intention d'arrêter de batifoler quand tu seras père ?

— C'est ce que j'avais prévu, dit-il, irrité.

— Et qu'adviendra-t-il de moi quand je serai prête à passer à autre chose ? ajouta-t-elle, d'un ton peu amène. Je t'ai dit que je voulais une vie épanouie, avec de l'amour et une famille.

À l'idée que Jenna puisse s'éloigner de lui, il sentit une force sombre et dangereuse s'éveiller dans son ventre. Jenna ne lui appartenait pas, il le savait, mais il n'en demeurait pas moins qu'ils allaient avoir un enfant ensemble. Cela signifiait bien plus que des aspirations romantiques. C'était sans doute injuste, mais il n'acceptait pas l'idée de Jenna avec un autre homme. Certes, cela aurait pour conséquence une vie entière à combattre le désir qui existait entre eux, qui menaçait de les emporter avec une force égale à celle de la Sun creusant la falaise. Mais, quelle que soit la logique à l'œuvre dans son esprit, il était certain que sa conclusion correspondait à l'image qu'il avait en tête : tous les deux élevant leur enfant ensemble. Il n'y avait pas de place dans cette image pour un autre homme.

En fait, cette simple idée lui glaçait le sang.

Agité d'une multitude d'émotions inconnue, Sebastian accéléra le pas.

— À passer à autre chose, hein ? marmonna-t-il. Pourquoi vouloir passer à autre chose ?

— Tu ne peux pas nous garder enfermés pour toujours, répondit-elle doucement.

— Je n'en ai pas l'intention.

— Pourtant, tu as déjà commencé à imaginer notre futur, on dirait…

Jenna avait raison. Il avait commencé à mettre en place les détails de son plan d'action dès qu'il avait appris qu'elle était enceinte.

Il n'avait jamais douté que l'enfant soit le sien. Son sixième sens le lui avait affirmé. Il n'avait pas essayé d'influencer ou de contrôler le comportement de Jenna. Il la respectait et savait qu'elle avait l'intégrité nécessaire pour être la mère de son enfant. Il n'avait même pas pensé à le lui enlever. Il avait simplement commencé à prendre des dispositions pour leur avenir. Elle aurait dû en être heureuse. Au lieu de cela, elle le poussait dans ses retranchements et lui résistait. Il préférait tellement quand elle était d'accord avec lui !

Parce que c'était Jenna, il décida de ne pas se murer dans le silence et la colère.

— Cela pourrait être si simple, Jenna. Pourquoi tout compliquer ?

— Je veux me marier un jour.

Sa déclaration était douce, prononcée d'un ton presque neutre, avec une touche de tendresse, comme si elle voulait adoucir le fait qu'elle était une fois de plus en train de bouleverser ses plans soigneusement élaborés.

— Je veux faire une belle carrière. Je veux être une épouse et je veux que notre enfant grandisse dans une famille heureuse et normale.

Sebastian était oppressé, soudain. Sa peau le démangeait. Il résista à l'envie de se gratter. Jenna demandait des choses qu'il ne pouvait lui donner, pour des raisons qu'elle ne pourrait pas comprendre. Elle avait grandi avec des gens normaux, des gens qui pouvaient chercher l'amour sans que cela les détruise. Pas lui. Il connaissait les dommages que la poursuite obsessionnelle de l'amour pouvait infliger à un enfant. Ce n'était pas la faute de Jenna si la même tendance destructrice se trouvait dans son sang, dans son ADN ; ce n'était pas sa faute non plus si elle avait été le catalyseur qui avait activé le potentiel de sa maladie latente. Non, elle n'était pas à blâmer, mais il était de son devoir à lui de les protéger tous les deux du désastre. Il ne répéterait pas les erreurs de son père, même avec une femme comme Jenna. Le prix à payer était trop élevé.

— Le mariage n'est pas une option entre nous, affirma-t-il.

Elle posa une main apaisante sur son avant-bras.

— Ce n'est pas ce que je te demande, Sebastian. Aucun de nous deux n'avait prévu cela ; mais avant que ça arrive, j'ai toujours eu en tête de me marier et de fonder une famille. Je le veux toujours.

— Tu as obtenu ce que tu voulais alors. Tu as ta propre famille, désormais.

— Ce que tu proposes n'est pas la même chose.

— La seule différence, Jenna, c'est un morceau de papier.

— Si c'est ce que tu crois, j'ai de la peine pour toi.

Avec un étrange et grandissant sentiment d'effroi qui le saisissait lentement à la gorge, il répliqua d'une voix presque chevrotante :

— Un document officiel ne fait pas une famille stable. Tu es stupide si tu le penses.

— Tu as raison, et ce n'est pas pour ça que je le désire. Je veux ce que ce document représente. De la confiance pour mes enfants. Je veux qu'ils grandissent en sachant que les personnes qui les aiment seront là pour eux, une alliance inébranlable cimentée par l'amour, l'engagement et une promesse faite aux yeux du monde. Je veux qu'ils sachent que, peu importe ce qu'ils choisissent de faire de leur vie, ils auront toujours une famille aimante, qui sera fière d'eux même s'ils commettent des erreurs. Je veux qu'ils voient à la maison la passion, le feu, et qu'ils sachent qu'ils n'auront pas à choisir entre leurs rêves et la réalité, qu'ils n'auront jamais à faire des choix qu'ils n'estimeraient pas bons pour eux. Je veux pour eux ce que mes parents m'ont donné, même si cette liberté peut-être dangereuse.

Sebastian essaya de recouvrer ses esprits. Il était dans les cordes, comme un boxeur soûlé de coups. Jenna voulait de l'amour, un mariage et une famille heureuse. Il ne pouvait pas lui offrir cela. Mais ce qu'il avait à lui proposer était tout aussi bien, si seulement elle voulait faire l'effort de considérer la situation avec objectivité.

— Aucun autre homme ne s'occupera de toi aussi bien que moi, Jenna. Tu sais que c'est vrai, n'est-ce pas ?

— C'est peut-être vrai, mais ce n'est pas la même chose. Quelle que soit cette étrange énergie qui circule entre nous, ce n'est pas la même qui porte les couples à travers les hauts et les bas d'une vie commune, à travers les difficultés et les triomphes de la parentalité, ou les inévitables étendues désertiques de la distance et du ressentiment. C'est cette énergie-là que je veux, Sebastian. Pas une carrière et un... *associé* avec qui élever des enfants. Je veux ce que mes parents ont.

— C'est faux. Si c'était le cas, tu ne serais jamais partie à la poursuite de tes rêves dans la capitale. J'ai lu ta dissertation d'admission à l'académie militaire, Jenna. Je veux bien croire que tu veux un environnement sain et sûr, et je peux te l'apporter, mais nous savons tous les deux que tu aspires à plus. À repousser tes limites.

— Je *voulais* cela, et regarde où ça m'a menée ! Enceinte, seule et plus loin de trouver ma place dans le monde que je ne l'ai jamais été. Je dois penser à ce qui est le mieux pour notre enfant. Je dois penser à ce qui se passera quand quelqu'un de mieux se présentera pour toi. Qu'est-ce qui m'arrivera quand tu trouveras une femme que tu voudras vraiment épouser ?

Elle parlait avec ses mains, faisant de grands gestes pendant qu'ils marchaient. Ses mots le blessaient, mais elle ne le savait pas, tout comme elle ignorait que son besoin d'elle était tel qu'il n'avait pas vu d'autre femme depuis qu'il avait posé les yeux sur elle. Elle disait qu'elle était invisible alors que c'était elle qui avait fait disparaître toutes les autres femmes de la planète.

— Je peux t'assurer que cela n'arrivera pas. Si je ne

t'épouse pas, qu'est-ce qui te fait penser que je pourrais épouser quelqu'un d'autre ? demanda-t-il.

— Il est trop tard pour avoir peur et jouer à des jeux stupides, Sebastian. Tu vas être père.

Et il était trop tard pour arrêter ce train dans lequel il était embarqué de force, même si Jenna méritait les réponses qu'elle voulait connaître.

Il lui devait la vérité.

— Je ne t'épouserai pas, Jenna, affirma-t-il, solennel.

— Quoi… tu… ? bégaya-t-elle.

Sebastian sentit que Jenna se reprenait. Elle serra nerveusement les poings, puis se détendit. Et ce fut d'une voix calme qu'elle lui répondit :

— Je sais. C'est exactement pour cette raison que nous avons cette conversation. Nous devons parler de l'avenir. Pour notre enfant.

— Le mariage ne fait plus de différence quant à savoir si notre enfant héritera ou non de Redcliff, au cas où cela t'inquiéterait.

— Ne m'insulte pas ! fulmina Jenna. Je me fiche de ta fortune et de tes titres.

— Le mariage n'est pas à l'ordre du jour. Ce qui l'est, en revanche, c'est un avenir stable avec le père de ton enfant.

— Et si cela ne me suffit pas ? s'obstina-t-elle, fière, superbe dans son attitude bravache pour défendre ses principes et ses valeurs, comme un chevalier sans armure.

Mais si ces principes et ces valeurs devaient lui enlever ce qui était déjà devenu le centre de sa vie, il les détruirait.

— Pense au bébé, Jenna…

Ses mots eurent l'effet d'une formule magique : soudain, Jenna n'était plus nerveuse ni tendue ; on aurait dit qu'une sorte de résignation, d'épuisement, l'envahissait, qu'elle avait perdu toute volonté de se battre. Et qu'elle voyait clair dans son jeu. Elle s'arrêta net. Il l'imita, surpris, et se tourna vers elle. Son regard était comme un faisceau laser dans la nuit.

— Est-ce qu'on doit toujours faire tes quatre volontés, Sebastian ?

— C'est mieux comme ça.

Elle pinça les lèvres tandis que son regard parcourait son visage, comme si elle cherchait la clé pour accéder à ses pensées.

— Mieux pour qui ? lui lança-t-elle, avant de s'écarter de lui et de reprendre sa marche.

Sebastian la rattrapa en deux enjambées.

— C'est mieux pour toi, déclara-t-il. Pour notre bébé... Pour moi.

— Pourquoi ? demanda-t-elle encore, visiblement étonnée par son aveu.

— Je n'aurai pas à m'inquiéter pour toi.

— Si le roi peut s'en sortir avec Mina, tu le peux aussi.

— Le roi n'a pas eu le choix : il a été forcé de se marier.

— C'est une question de choix ?

— Oui, Jenna. J'ai *choisi* de ne pas me marier.

— Pourquoi ?

— À cause de toi. C'est déjà un défi suffisamment insurmontable de résister à notre attirance alors que nous ne sommes que des collègues ! Pourtant, je suis prêt à prendre le risque pour le bien de notre enfant. Ce n'est pas par peur de l'engagement : je choisis de demeurer un être humain efficace et non l'esclave de mes émotions et de mes sentiments. Je choisis d'être un homme et non une marionnette. Je choisis d'offrir à notre enfant une image paternelle digne et respectable. Donc je ne te choisis pas, Jenna.

Elle ne sembla touchée ni par son éloquence ni par son dilemme. Elle posa les mains sur les hanches et le défia du regard.

— Eh bien, moi, je choisis de devenir autre chose qu'une nounou à demeure.

Sebastian ne put retenir un juron, exaspéré. Bon sang, cette femme le rendait fou !

— Je ne conduirai pas ma famille sur le même chemin de folie que celui de mes parents. Cette attirance entre nous, indéniable et irrésistible, est dangereuse. C'est un cancer qui s'attaque au futur de notre enfant. Nous savons tous les deux naviguer par gros temps, éviter les écueils, nous tirer de situations compliquées avec tact. Unissons ces forces pour l'avenir de ce bébé !

— Je suis d'accord. Nous le ferons, mais pas ainsi. Nous le ferons comme des gens normaux. J'accepte ton offre de rester ici pendant ma grossesse jusqu'à la naissance de notre enfant. Une fois que j'aurai un nouvel emploi, le bébé et moi déménagerons. Toi et moi nous partagerons la garde.

Rien dans la perspective lugubre qu'elle dessinait ne correspondait à ses plans. *Ce n'est pas étonnant*, songea-t-il. *N'oublie pas que tu as affaire à Jenna Moustafa !*

— Il est trop tard pour ça. Nous sommes allés trop loin.

— Non, protesta-t-elle d'une voix douce, lui offrant un regard compatissant qui l'agaça. Nous devons être adultes. Et il n'est pas trop tard pour apprendre à se connaître.

— Il est trop tard pour revenir en arrière, insista-t-il. J'ai été en toi. Je sais que ce n'est pas un engagement suffisant à tes yeux, mais ça a tout changé. Quant à se connaître… Si tu ne me connais pas encore, il vaut mieux que tu ne découvres pas exactement le genre de créature que tu as invité dans ta vie, crois-moi !

Elle entrouvrit les lèvres. Le bout de sa langue sortit pour les humidifier. Sebastian comprit qu'elle ressentait exactement ce qu'il ressentait. La chaleur. L'envie. Le besoin.

— Je sais déjà tout ce que j'ai besoin de savoir, murmura-t-elle, la voix rauque, le regard de braise.

Dieu qu'elle était sexy ! Mais il ne pouvait pas risquer de répondre à son invitation tacite.

— Ça, c'est ce que tu crois !

Sur ces paroles, il fit demi-tour en direction de Redcliff ; libre à elle de le suivre ou de rester plantée là.

10.

Jenna gagna sa luxueuse salle de bains pour un brin de toilette matinal. Dès son réveil, des images de la colère de Sebastian, la veille, lui étaient revenues à l'esprit – les mêmes qui l'avaient longtemps empêchée de trouver le sommeil. Pourquoi était-il aussi fermé ?

Une vague de nausée monta de ses entrailles. Elle posa les mains à plat au bord du lavabo, ferma les yeux et prit une grande inspiration. Rester seule à ruminer et à broyer du noir n'était pas bon pour elle. Elle avait besoin de se nourrir, et elle avait besoin d'action.

Tout s'était passé si vite et de façon si désastreuse qu'elle n'avait pas pris le temps de s'écouter. Si le changement extérieur n'était pas encore visible, sa conscience de son corps avait changé – Jenna ne le considérait plus seulement comme une arme, mais aussi comme un abri, un cocon. La grossesse la rendait plus sensible, lui permettait de mieux ressentir ses besoins. Or, elle avait toujours trouvé du réconfort dans l'activité physique. Et Redcliff abritait une incroyable salle de gym…

Au moment de fouiller dans son sac, Jenna se souvint qu'elle n'avait pas emporté de tenue de sport. Elle choisit alors sa robe couleur lilas, une autre des créations de sa mère, faite dans un tissu extensible qui accompagnait chacun de ses mouvements. Rien à voir avec ce qu'elle enfilait habituellement pour faire de l'exercice, mais cela ferait l'affaire. Sa mère savait qu'elle était une femme d'action et que si elle adorait porter des robes, elle voulait se sentir à l'aise dedans, libre de ses mouvements. Même si elles ne se comprenaient pas toujours, sa mère la connaissait et l'aimait. Elle l'avait toujours protégée avec férocité, et Jenna devrait en faire de même avec son bébé, créer un espace rien qu'à eux.

Elle espérait en être capable bientôt, mais après avoir laissé Sebastian la malmener une fois de plus la nuit précédente, elle savait qu'elle était encore loin d'y arriver, et même encore loin d'être capable d'assumer ce rôle que sa mère avait si bien tenu. Malgré les assurances de Sebastian qu'ils pourraient former une sorte d'équipe parentale, elle n'était pas prête à devenir une mère célibataire.

La maternité était un sacrement pour les fidèles du Prieuré. Qui suivait celui du mariage. Une mère se voyait confier la garde, la protection et le soin du bien le plus précieux de la planète : une autre âme. La sienne, songea Jenna, s'était occupée de leur foyer – cuisine, comptabilité de la ferme, ménage, couture, et même tannage du cuir. Tout ce qu'elle avait fait, c'était dans le but de prendre soin de sa famille. Elle avait été le cœur souriant de leur foyer, une source de lumière et de joie.

Cependant, Jenna n'était pas prête pour cette vie-là, pas vraiment. Elle était consciencieuse et travailleuse, maîtrisait toutes les compétences requises, mais jusqu'à Sebastian son regard était uniquement tourné vers un destin plus grand et des rêves plus brillants. Et elle devait admettre qu'il l'était toujours, si elle était honnête avec elle-même, même si ses rêves s'étaient ternis.

De toute évidence, il était hors de question qu'elle reprenne son ancienne vie maintenant qu'elle était enceinte, malgré le fait que la reine, Helene et même le roi avaient appelé à de multiples reprises pour la persuader de revenir.

Mina avait même laissé un message à sa mère pour lui faire savoir que son poste était toujours disponible pour elle. Mais si Jenna avait été fortement tentée d'accepter cette offre généreuse de la reine, il n'en était plus question, désormais.

Sa fierté avait commencé à s'effriter sur ce point, mais sa grossesse était venue la consolider. Il n'y avait pas de retour en arrière possible. Et puis comment ses collègues pourraient-ils lui faire confiance à nouveau ?

La reine était maintenant en résidence sur l'île où se trouvait le palais d'été, sans Helene. Celle-ci avait fort à faire puisqu'elle organisait l'extinction de son nom : tous les actifs et la fortune de la famille d'Tierrza étaient transférés vers la famille Andros, perpétuant ainsi la lignée de son mari, Drake, que l'on avait crue éteinte.

Jenna n'avait parlé qu'une seule fois à son amie depuis qu'elle avait quitté la capitale. C'était lorsqu'elle était rentrée saine et sauve après avoir été kidnappée, puis être tombée amoureuse de son ravisseur et l'avoir épousé. Elle était heureuse pour Helene, du fond du cœur, mais entendre sa voix avait été comme verser de l'acide sur ses blessures. Cette conversation lui avait rappelé tout ce qu'elle avait perdu et l'avait laissée épuisée, triste et seule.

Puisqu'elle ne pourrait pas retourner à son ancienne vie, il lui fallait réfléchir à son avenir professionnel. Et ce n'était pas gagné, se dit-elle dans un accès de blues. Malgré ses compétences et son CV, quel employeur embaucherait une agent de sécurité enceinte ?

Son médecin de famille, le Dr Milano, lui avait pourtant assuré, lors de leur dernier rendez-vous, qu'elle n'avait pas à s'inquiéter : elle pouvait continuer à faire du sport et à s'entraîner. Il lui avait même conseillé de maintenir son niveau d'activité, lui affirmant que son corps la préviendrait quand il faudrait lever le pied. « Reste en forme, avait-il ajouté, tu vas en avoir besoin ! »

Cette phrase l'avait angoissée, tout comme l'angoissait la liste sans fin des décisions qu'elle devait prendre.

Debout à côté de la porte, juste avant de revenir au terrain miné auquel ressemblait sa relation avec Sebastian, Jenna s'autorisa à accepter le poids de son épuisement sur ses épaules, ne serait-ce que pour un instant. C'était une fatigue profonde, qui s'était installée en elle à la seconde où elle avait identifié la voix du roi dans la bibliothèque et qui ne l'avait pas quittée depuis ; et il n'y avait aucun signe de repos en vue.

Pas si elle devait devenir mère.

Il y aurait l'accouchement, puis un nouvel être dont il faudrait s'occuper, un nouveau gagne-pain à trouver. Seule. Parce que malgré ses belles paroles sur l'engagement, Sebastian s'était enfui quand les choses n'avaient pas tourné comme il l'aurait voulu. Comment ne pas imaginer qu'il réagirait ainsi à nouveau à l'avenir ?

Loin de la bibliothèque des d'Tierrza, hors de la capitale, du luxe des palais et de l'agitation de la ville, aucune attraction puissante ou petite voix intérieure romantique ne pouvait convaincre Jenna qu'elle avait un quelconque avenir avec Sebastian.

C'était un duc, outrageusement beau, et l'un des hommes les plus riches et les plus dangereux du pays. Les hommes comme lui ne finissaient pas avec une fille du Prieuré ; d'ailleurs, il lui avait déjà fait comprendre très clairement que le mariage n'était pas une option entre eux. Les filles du prieuré se mariaient avec des hommes gentils qui aimaient les enfants et s'adoucissaient avec l'âge.

Jenna n'arrivait même pas à imaginer Sebastian dans la même pièce qu'un enfant. Et pour ce qui était de s'adoucir, elle supposait plutôt que l'âge ne ferait que le rendre plus dur. Avec l'âge, il se dessécherait, et sa patience diminuerait. Il ne serait certainement pas le genre de grand-père à jouer au cheval avec ses petits-enfants et à distribuer des friandises.

Elle fronça les sourcils. À la réflexion, elle l'imaginait parfaitement en train d'apporter en douce des bonbons à ses petits-enfants, après avoir échafaudé intrigues et stratagèmes. Il adorerait ça, et eux aussi.

Mais quelle place avait-elle dans ce tableau ?

Elle ne connaissait pas la réponse à cette question, tout comme elle ne savait pas quoi faire de sa vie ni de sa relation avec son bel espion.

Une bonne séance d'entraînement l'aiderait peut-être à y voir plus clair, se dit-elle, sans trop y croire, cependant.

Sebastian n'était pas dans la cuisine. Jenna se prépara un petit déjeuner léger – quelques biscuits, un thé au citron et au gingembre, des fruits et du concombre. Elle supposa qu'elle ne le croiserait pas aujourd'hui, qu'il boudait encore. La veille au soir, durant leur promenade nocturne, ils s'étaient approchés trop près de sujets qu'il voulait garder secrets, et elle n'était pas rentrée dans le rang comme un bon soldat.

Il peut bien faire la tête, je m'en fiche ! se dit-elle, non sans une pointe de dépit. *Je ne me laisserai pas influencer par un caprice de gamin.*

Mais elle s'était trompée, constata-t-elle en entrant dans la salle de sport.

Assis sur un appareil de musculation, bras et jambes fléchis, il faisait une série d'exercices. Jenna se figea, saisie par la puissance animale qui émanait de lui.

— Désolée. Je reviendrai plus tard, dit-elle, la bouche sèche.

Il interrompit ses mouvements et se laissa aller sur le siège en s'épongeant le front avec une serviette.

— Non, reste.

— C'est bon, vraiment, je peux attendre.

— Je veux que tu sois à l'aise ici. Avec moi.

Elle faillit éclater de rire. « Frustrée », « attirée », « déconcertée »... il y avait beaucoup de mots pour décrire ce qu'elle ressentait en présence de Sebastian, mais « à l'aise » n'en faisait pas partie.

C'est faux, lui murmura sa petite voix intérieure romantique. *Tu es toujours à l'aise avec Sebastian.*

Elle devait bien s'avouer qu'il y avait du vrai là-dedans. En repensant aux moments passés avec lui, elle ne pouvait le nier. Elle était toujours à l'aise avec Sebastian, même dans les situations les plus choquantes. Ce qui lui prouvait que la frontière entre « être à l'aise » et « s'installer » était très mince. Elle devrait s'en souvenir pour son bien et celui de leur enfant.

— Je reviendrai plus tard, répéta-t-elle.

La présence de Sebastian était trop perturbante pour qu'elle puisse s'entraîner, de toute façon.

— Je suis désolé, Jenna. Je n'aurais pas dû te laisser comme ça, hier soir. Je...

Il poussa un long soupir avant de poursuivre :

— Bref. Je suis désolé. C'était inacceptable et c'était ma faute. Tu n'as pas à me fuir.

Son regard était clair et direct, respectueux et ouvert : difficile de douter de sa sincérité. Ces paroles apaisantes firent disparaître comme par magie toute trace de l'irritation et de la frustration qu'elle ressentait à son égard.

— Pas de problème. Je suis sûre que n'est pas la dernière fois pour moi que mes émotions s'exacerbent. Merci pour tes excuses.

Sebastian se racla la gorge.

— Avant de te rencontrer, j'aurais pu ne pas être

d'accord. Maintenant, je suis sûr que tu as raison. Ce sera tout bénéfice pour notre enfant d'avoir une mère aussi sage.

— Ce n'est pas ma sagesse, c'est celle de ma mère. Plus d'une fois, je l'ai vue réconforter les jeunes mères de notre communauté en leur disant : « Quand il y a des enfants, il vaut mieux avoir des mouchoirs. » Je dirais que les enfants sont au cœur de ce que nous vivons.

Sebastian hocha la tête, la jaugeant de ses beaux yeux verts.

— Entre autres choses.

Il se leva et se dirigea vers elle.

— Je ne peux pas être ton mari, Jenna. Mais je m'engage à élever notre enfant avec toi.

Au moins, c'est un début, songea-t-elle avec résignation.

— J'apprécie ta promesse. Je sais que beaucoup d'hommes dans ta situation ne prendraient même pas cette peine. On inventera notre histoire au fur et à mesure. Allez, retourne t'entraîner. Il n'y a rien de si urgent que tu doives t'arrêter.

— Tu venais pour t'entraîner, toi aussi ?

Elle opina du chef.

— J'attendrai mon tour.

Elle tourna les talons.

— Jenna !

— Quoi ? demanda-t-elle en pivotant vers lui.

— Faire de l'exercice, c'est sans danger pour le bébé ?

Si elle n'avait pas décelé un semblant de vulnérabilité dans sa question, elle aurait pu se moquer de lui.

— Oui. Mon médecin me l'a affirmé haut et fort.

Jenna sourit, touchée que Sebastian lui ait posé la question. L'enfant qu'elle portait était le sien aussi, bien sûr, il semblait normal qu'il s'en soucie, mais il était agréable de faire partie de ses préoccupations.

Elle se retourna une fois de plus. Elle était sur le point de franchir le seuil de la pièce quand il la héla de nouveau :

— Jenna ?

— Quoi ? s'impatienta-t-elle en levant les yeux au ciel.

Sebastian avait un regard espiègle.

— Tu avais prévu de faire de l'exercice en robe ?

— En effet.

— Cela semble plutôt gênant, non ? nota-t-il.

Levant un sourcil, Jenna croisa les bras devant sa poitrine, consciente qu'elle ne s'exprimait pas seulement pour elle-même, mais aussi pour les femmes du monde entier dans la bataille sans fin entre les sexes.

— Tu serais surpris, lança-t-elle, provocante.

— Par la façon dont tes choix vestimentaires pourraient te désavantager en cas d'affrontement ? Cela m'étonnerait, répliqua-t-il, un sourire en coin et une lueur arrogante dans le regard.

— Toute personne qui essayerait de m'attaquer pour voir aurait une mauvaise surprise…

— Tu nies que ta tenue puisse t'entraver ? insista-t-il.

Un frisson parcourut Jenna lorsqu'elle posa les poings sur les hanches et fit face à Sebastian, les yeux dans les yeux.

— En effet.

— Très bien. Dans ce cas, je te lance un défi. Un match d'entraînement. Sur le tapis de lutte.

Une lueur de plaisir malicieux illuminait le regard de Sebastian. Jenna la connaissait bien : elle l'avait souvent vue briller dans les yeux de ses frères quand ils pensaient pouvoir la battre. Il voulait lui démontrer qu'il avait raison. Et c'était un homme fier, qui détestait perdre la face. Jenna était dans le même état d'esprit.

Mais Sebastian n'était pas l'un de ses frères. C'était un homme avec lequel elle avait du mal à garder ses distances, toujours trop près ou trop loin. Alors un combat de lutte ? Pas question !

— Une autre fois, désolée.

— Jenna Noelle Moustafa, tu n'es qu'une trouillarde, la taquina-t-il, dans une imitation très réussie d'un gros bras de cour de récréation.

— Absolument pas ! Et puis d'abord, comment connais-tu mon deuxième prénom ?

Il haussa les épaules, l'air blasé, et adopta une posture défensive, jambes fléchies.

— Je sais tout.

— Pas vraiment…

Jenna attaqua, le feintant à gauche avant de glisser à droite hors de sa portée.

— Par exemple, tu ignores quelle est ma couleur préférée, reprit-elle, mutine.

Elle s'éloigna de lui, utilisant les appareils de musculation comme abris provisoires. Sebastian la poursuivait sans se presser, sans jamais non plus la perdre des yeux. Elle monta sur les tatamis qui délimitaient une grande zone devant une immense baie vitrée. Sebastian l'y rejoignit. Ils se tournèrent lentement autour, muscles tendus, en alerte, les yeux rivés l'un sur l'autre, leurs corps à nouveau transportés dans un monde qui leur était propre. Avec une inconnue qui planait dans l'air : jusqu'où Sebastian était-il prêt à s'investir ?

Il connaissait son dossier et sa biographie, mais ignorait quelle était sa couleur préférée. Il serait intéressant aux yeux de Jenna de découvrir s'il voulait le savoir. Se souciait-il d'apprendre quelque chose d'aussi trivial sur elle, pour le plaisir de mieux connaître la mère de son enfant, ou se souciait-il seulement de savoir qu'elle était qualifiée pour ce rôle ?

— En effet, je ne sais pas quelle couleur tu préfères, concéda-t-il.

— Le rose.

Ce mot, léger et aérien, aussi délicat que les sentiments qui planaient dans l'ombre de son cœur, voleta entre eux comme un papillon tandis que Jenna restait concentrée sur l'ouverture qui, elle le savait, ne manquerait pas de se présenter.

— Je n'aurais jamais deviné.

Elle n'était pas certaine que cette information l'intéressait, mais au moins il n'était ni ironique ni moqueur. L'ouverture se présenta dans la garde de Sebastian. Elle eut une fraction de seconde pour se décider. Elle se baissa, se déporta à gauche à petits pas rapide, puis, plutôt que de tenter quelque chose de spectaculaire, le frappa avec deux doigts au niveau du plexus avant de reculer rapidement. Il échoua à attraper le tissu de sa robe.

— Tu m'as déjà dit ta couleur préférée, lança-t-elle avec désinvolture, alors je vais te demander… ton deuxième prénom.

Jenna restait en mouvement, faisant de petits pas chassés, attentive. Elle avait posé la question avec légèreté, mais elle était importante pour elle, personnelle. Elle le testait : quelle part secrète de lui-même était-il prêt à lui dévoiler ?

— Reynard, répondit-il sans hésiter.

— Oh !

La surprise lui fit relâcher son attention. Sebastian en profita pour tenter une attaque, mais elle réussit à l'esquiver.

— C'est adorable ! reprit-elle. Et inattendu.

— Si tu le dis…

— Ça te va bien. À toi de poser une question !

Elle se rendit compte en bougeant, le corps en alerte, qu'elle était pleinement dans leur jeu, son esprit et son cœur ayant laissé derrière eux le poids inquiétant de la nuit précédente.

Sebastian resta silencieux un moment, et Jenna se demanda si ce n'était pas contre nature pour lui de réfléchir à une question personnelle. Il avait l'habitude d'analyser le monde et les gens autour de lui, mais combien de personnes connaissait-il vraiment ?

Cette interrogation provoqua une étrange sensation de pincement dans sa poitrine, une sensation qui ressemblait à de l'empathie. Était-il possible que, malgré tout ce qu'il découvrait et tous ceux qu'il manipulait autour de lui, il ne comprenne pas les connexions émotionnelles plus profondes qui le constituaient ?

— Combien de fois as-tu pensé à mon corps depuis la bibliothèque ?

Le rouge lui monta aussitôt aux joues. Cette question était inattendue de la part d'un homme qui lui avait avoué penser que ce qui existait entre eux était dangereux. Toutefois, plutôt que s'éloigner, elle le suivit dans cette voie :

— Ce n'est pas à ton corps que j'ai pensé…

Sebastian arrêta de tourner autour d'elle. Jenna vit à son air déconfit qu'elle l'avait mouché. S'il avait pensé prendre le dessus sur elle avec son allusion suggestive, il s'était trompé. Elle lui décocha son plus beau sourire. Un sentiment de liberté et d'insouciance courait dans ses veines.

Il avait utilisé une tactique de déstabilisation pour l'inciter à baisser la garde, mais elle avait renversé les rôles et l'avait pris de court. Elle profita de son avantage momentané pour se déplacer avec précision, entrer dans son périmètre de sécurité et, d'un mouvement vif, passer une jambe derrière la sienne. Son balayage réussi fit rouler leurs corps sur le tapis. Mais, contrairement à Sebastian, Jenna avait anticipé la chute et préparé la suite du mouvement. Surpris par le déséquilibre, puis par la chute, il ne réagit pas assez vite : elle était assise sur lui et lui bloquait les épaules au sol.

— On dirait que j'ai gagné…

Elle lui sourit, se leva, salua son adversaire vaincu et sortit en silence, heureuse de lui prouver qu'avec elle il n'aurait pas toujours le dernier mot.

Le soleil qui se couchait au fond du canyon laissait une traînée de couleurs pastel dans les tons roses, orange et violets. Assise à côté de Sebastian devant l'îlot central de la cuisine, Jenna appréciait le dîner qu'ils avaient préparé ensemble – un délicieux poulet Alfredo. Elle appréciait surtout de ne pas se sentir gênée par les silences qui ponctuaient parfois leur conversation.

Au moment où ils se saisirent en même temps de leur verre, leurs mains se frôlèrent. Ce fut comme si une décharge électrique traversait Jenna, et Sebastian avait sursauté tout comme elle.

— Je ne serai jamais d'accord avec ton idée absurde que tomber amoureux est une sorte de calamité ; en revanche, je pense comme toi qu'il est important que notre relation ne soit pas physique. Sinon, en grandissant, notre enfant n'y comprendra rien. Il faut de la clarté.

Sebastian hocha la tête, puis but une gorgée de vin.

— As-tu pris le temps de réfléchir à mon offre ? lui demanda-t-il.

— À quelle partie de ton offre ?

Le connaissant comme elle commençait à le connaître en passant du temps avec lui, Jenna se doutait que s'il tenait tant qu'ils vivent ensemble pour élever leur enfant, il y avait une bonne raison.

— Vivre ici, à Redcliff.

La vérité était cruelle, mais Jenna ne voulait pas lui mentir.

— Je ne pense pas que ce soit une idée réaliste, Sebastian. Être parent ne devrait pas nous condamner à une existence monacale.

Il grimaça. Une expression fugace de contrariété traversa son visage, mais elle la saisit. Pourtant, quand il lui répondit son ton était mesuré et égal :

— Je n'ai pas eu l'impression que le sexe était si important pour toi.

Jenna vit clair dans son jeu. Il pensait pouvoir l'amener à sa façon de penser en utilisant contre elle son inexpérience et sa foi. C'était rusé, mais pas assez pour qu'elle tombe dans le panneau.

— Toi seul connais les limites et les excès de mon intérêt pour le sexe. Ce n'est pas du tout ce que je voulais dire, et tu le sais très bien.

Il détourna le regard, fixant le canyon qui s'assombrissait. Puis il laissa échapper un soupir et se tourna vers elle.

— Encore une fois, il semble que je te doive des excuses. C'était déplacé. Je suis plutôt rebuté par l'idée de vivre séparé de mon enfant, même dans le cadre d'une garde alternée normale. Cependant, je reconnais que je ne suis pas le seul à avoir des intérêts en jeu.

Jenna était consciente que cette déclaration constituait à la fois des excuses sincères et une tentative pour faire montre d'humilité. Cela ne devait pas être facile pour un homme aussi orgueilleux que Sebastian.

— C'est déjà pas mal, dit-elle d'un ton posé.

Un sourire brisa son expression sérieuse.

— Tu es la seule personne à qui je présente des excuses, Jenna. Je ne le fais même pas avec le roi.

Ainsi, elle comptait pour lui ? Plus que le roi, en un sens

– en tout cas plus que son travail. S'il avait eu l'intention de la toucher au cœur, il avait atteint son but !

— Et si nous prenions le dessert dans la bibliothèque ?

Ce n'était pas une suggestion, c'était presque un ordre. Jenna avait le feu aux joues. Elle venait à peine de se remettre de son aveu si perturbant au sujet des excuses, et voilà qu'il chamboulait à nouveau son équilibre.

Il avait noté son trouble, bien sûr, et une lueur de désir dansait dans ses prunelles émeraude. Pourtant, lorsqu'il reprit la parole, ses mots contredisaient son regard :

— Du thé et des gâteaux au coin du feu, rien de plus.

Jenna aurait dû être soulagée de constater que Sebastian était déterminé à suivre la voie qu'ils avaient choisie ensemble, celle de la distanciation physique. Alors pourquoi avait-elle le cœur lourd de déception ?

11.

Tandis qu'il ouvrait la porte de la bibliothèque, Sebastian se répéta qu'il était en train de perdre le contrôle de la situation.

D'abord, il y avait eu le baiser dans la cuisine. Puis celui de la bibliothèque. Il avait été plus chanceux au gymnase, mais seulement parce qu'elle s'était quasiment enfuie après l'avoir mis à terre.

Alors pourquoi prenait-il le risque de l'entraîner une fois de plus dans la bibliothèque, alors qu'il se sentait de plus en plus à l'aise en sa compagnie et que cela le conduisait inexorablement à baisser la garde ?

Après tout, songea-t-il pour se rassurer, même s'il ne pouvait pas lui donner ce qu'elle voulait, et qu'ils n'osaient pas explorer la passion qui frémissait entre eux, il pouvait quand même lui offrir du thé et des gâteaux. Il était un homme capable de maîtriser ses pulsions, pas un animal, n'est-ce pas ?

Toutefois, il choisit prudemment de la guider vers l'un des grands fauteuils et non de partager la causeuse avec elle. Dans la kitchenette adjacente, il prépara le thé et disposa sur un plat gâteaux et chocolats. Puis il rejoignit Jenna et s'assit dans le fauteuil en face d'elle.

Ils ne pouvaient pas être amants. Mais il était impératif qu'ils deviennent au moins quelque chose qui ressemble à des amis. En l'observant alors qu'elle mordait dans le premier gâteau qu'elle avait choisi, il songea que c'était pour lui un voyage vers l'inconnu.

— C'est divin, Sebastian. Je n'ai jamais goûté quelque chose d'aussi délicieux ! C'est comme si je pouvais déceler toutes les saveurs, qui pourtant forment un tout : vanille, amande et ce chocolat onctueux.

Jenna avait les yeux fermés. Sa voix, chaude de l'extase sensuelle de la dégustation, lui chatouillait les nerfs comme de la soie sur une peau nue et mettait son self-control à rude épreuve. Il se faisait l'effet d'être un dévot béat d'adoration devant l'apparition d'une déesse.

— Je suis heureux que tu les aimes, réussit-il à dire.

Lorsqu'elle ouvrit les yeux, ils étaient rieurs. En cet instant, elle n'était tenaillée ni par le devoir ni par l'obligation qui l'animaient habituellement, et elle rayonnait.

Sebastian déglutit péniblement, avec l'impression d'être en équilibre au bord d'un précipice – il devait prendre du recul, mais hésitait à le faire.

— Et si tu choisissais un livre ? proposa-t-il.

Comme si sa question venait de lui rappeler qu'elle se trouvait dans une bibliothèque, Jenna balaya la pièce du regard. Ses yeux se posèrent sur la section des livres qu'il avait sélectionnés et achetés pour elle. Son sourire ravi s'agrandit. Elle se leva.

— Cela fait des années que je veux acheter ce livre, déclara-t-elle en passant le doigt sur le dos de l'un des livres de poche.

Sebastian frissonna, comme si l'index avait couru sur sa peau. Il se leva précipitamment afin de choisir un livre pour lui, sur les rayonnages situés à l'autre bout de la pièce. Il avait plus besoin d'espace entre Jenna et lui que d'un ouvrage, alors il saisit un livre au hasard devant lui. *L'Homme à la découverte de son âme*, de Jung. Sebastian faillit éclater de rire. Ainsi, le cosmos avait donc de l'humour… Un humour noir s'il se référait à la torture qu'il vivait en présence de Jenna !

Il ne put malgré tout retenir un ricanement, qui le libéra d'une partie de sa tension. Il acceptait volontiers d'être la cible des blagues du cosmos, de l'univers et du hasard si cela lui permettait de relativiser un peu la situation.

Pour son enfant, il pouvait prendre le risque de s'aventurer sur le terrain glissant de son désir pour Jenna, d'autant plus que c'était la seule façon de devenir des partenaires.

En retournant à l'espace de lecture, il trouva Jenna déjà plongée dans son roman. *Tant mieux*, se dit Sebastian. Il était plus facile de garder une distance appropriée avec elle lorsque son énergie et sa concentration étaient dirigées ailleurs.

Pendant un moment, il la regarda lire, notant la vitesse à laquelle elle dévorait les pages. Jenna lisait comme elle faisait tout le reste : sans retenue.

Il s'installa en face d'elle après s'être préparé un expresso. Ils lurent ainsi pendant un bon moment, assez longtemps pour que le café refroidisse dans sa tasse. Lorsqu'il leva les yeux sur Jenna, elle le regardait avec un doux sourire.

— Il était trop tard pour un autre café, de toute façon, dit-elle tranquillement.

Il ignorait depuis combien de temps elle l'observait, et cela le rendait étrangement vulnérable. C'était trop facile de baisser la garde avec Jenna.

— Il n'est jamais trop tard pour un café.

— Tu vas rester éveillé toute la nuit.

Il secoua la tête.

— Il faudrait que je m'injecte de la caféine pure pour que cela m'affecte.

— On dirait que tu as un problème, le taquina-t-elle.

— Je crois qu'on peut dire que j'ai une personnalité addictive. C'est de famille.

Elle resta silencieuse un long moment avant de lui demander d'une voix douce, presque timide :

— Parle-moi de ta famille.

On aurait dit qu'elle ne s'attendait pas qu'il réponde, mais qu'elle était trop curieuse pour ne pas demander. Cette curiosité lui sembla justifiée : l'histoire de sa famille serait aussi celle de leur enfant. Et puis quand il lui répondrait, Jenna comprendrait alors pourquoi il avait établi entre eux de telles règles, pourquoi il avait de telles exigences : pour la protéger des dangers auxquels ses parents n'avaient pas échappé, et lui faire comprendre qu'il ne faiblirait jamais – pas question d'apporter le chaos dans sa vie ou dans celle de leur enfant.

Mais par où commencer ?

Innocente, ouverte, sans aucune tendance à la manipulation, Jenna était aussi loin de ses parents qu'il était possible de l'être. Mais peut-être y avait-il des limites à sa compassion. Une partie de lui tremblait à l'idée de lui raconter l'histoire de sa famille et de lire sur son visage la condamnation du rôle qu'il y avait joué.

À l'âge de sept ans, il avait trahi sa mère. Par mesure de rétorsion, il avait été envoyé dans un pensionnat en Autriche. Il n'avait pas versé une larme. Durant les trois années qu'il y avait passées, sa mère n'était jamais venue le voir – elle affirmait qu'elle n'aimait pas l'atmosphère du grand bâtiment gothique. Son père n'était venu qu'une seule fois. À dix ans, il avait cessé d'aspirer au même type de relations avec ses parents que celles de ses camarades avec les leurs. Il y décelait de la chaleur dans les regards, et souvent de la bienveillance et de l'affection dans les gestes, les paroles. Ni sa mère ni son père ne lui avaient jamais donné cela. Il s'était alors dit que cela signifiait qu'il lui manquait quelque chose, ou que son père avait raison : il était insensible et méchant. Quelle qu'en soit la cause, ils ne se souciaient pas de lui, ils étaient complètement indifférents.

Comment Jenna aurait-elle réagi en apprenant cela ?

Il ouvrit la bouche et dit les premiers mots qui lui vinrent à l'esprit :

— Ma mère était une femme infidèle.

Jenna se figea, ses grands yeux s'écarquillèrent et s'assombrirent jusqu'à atteindre la couleur du café noir. Toutefois, ils étaient remplis de chaleur. Ils l'appelaient, le secouaient, le dynamisaient et l'attiraient doucement vers elle.

— Je suis désolée, dit-elle simplement.

— Tu n'as rien fait.

— Est-ce que cela a déchiré ta famille ?

Il détourna le regard. Un son s'échappa de sa gorge, qui essayait d'être un rire mais s'avéra bien plus râpeux.

— Non.

— Que s'est-il passé ?

— Au début, mon père l'a ignoré. Quand il n'a plus pu, ils ont vécu séparément.

Une onde de compassion émana soudain de Jenna et le frappa de plein fouet. Il n'était pas sûr d'en vouloir…

— Et toi ? demanda-t-elle.

— Au début, j'étais un instrument qu'ils utilisaient pour se manipuler l'un l'autre. Finalement, ils m'ont envoyé dans un pensionnat, avec de rares retours à la maison, durant lesquels j'étais souvent seul. Ma mère est morte quand j'avais treize ans. Je suis revenu à Cyrano, où j'ai été scolarisé jusqu'à mes dix-huit ans. Ensuite, mon père est mort lui aussi. L'université et le début de l'âge adulte ont été un peu… sauvages.

Sebastian voyait qu'elle avait mal pour lui. C'était aussi clair que si son cœur était posé sur ses genoux et saignait. Apaisante et étouffante, la commisération de Jenna lui évoquait un pull en laine, à la fois réconfortant quand il faisait froid mais qui démangeait.

— Quelle enfance affreusement solitaire !

Il lui retourna un sourire crispé.

— Comparé à ce que tu as vécu, j'imagine que oui. Mais dans la capitale, c'était plutôt normal. Ma situation était loin d'être la pire.

— Qu'est-ce qui pourrait être pire ?

Sebastian plissa les yeux en l'observant. Elle essayait habilement de le faire parler, mais il était évident que sa démarche était sincère, animée par une vraie volonté de mieux le connaître et non par une curiosité malsaine.

— Quand j'ai découvert les infidélités de ma mère, j'ai voulu le dire à mon père. Comme j'avais peur qu'il ne me croie pas, j'ai pris des photos et enregistré des messages échangés entre ma mère et ses amants. J'ai montré ces preuves à mon père. J'ai alors compris qu'il savait déjà ; qu'il savait depuis le début

— Oh ! Sebastian, c'est terrible…

— Ma mère me l'a bien fait comprendre, après coup, lâcha-t-il avec un cynisme amer.

Jenna fronça les sourcils.

— Je ne voulais pas dire que c'était terrible que tu le fasses. C'est terrible que tu aies senti que tu devais le faire. Et surtout que ton père raconte tout à ta mère !

Il n'avait pas réalisé avant les paroles bienfaisantes de Jenna à quel point ce profond sentiment d'injustice l'avait rongé pendant toutes ces années. Son père avait mal géré la situation. Cela s'apparentait presque à une trahison.

— Il lui a dit que j'avais pleuré en lui montrant mes preuves. Il essayait de la faire culpabiliser, mais elle ne s'est pas le moins du monde sentie mal. Au lieu de cela, elle m'a traité de pleurnichard et m'a affirmé qu'il n'était pas naturel qu'un enfant agisse de la sorte envers sa propre mère. Et puis elle est partie.

— Quel âge avais-tu ?

— Sept ans.

— Et ton père l'a laissée te dire tout ça ? s'écria Jenna, visiblement horrifiée.

— Pourquoi aurait-il agi autrement ? Il ne se défendait pas contre elle, pourquoi m'aurait-il défendu ? Tout ça au nom de l'amour et du mariage. Elle était tout ce qu'il avait jamais désiré. Il m'a accusé d'avoir provoqué son départ en l'espionnant et a décrété que nous devions faire tout ce que nous pouvions pour qu'elle nous pardonne.

Jenna semblait si outrée et peinée à la fois que Sebastian dut résister à l'envie de la prendre dans ses bras pour la réconforter.

— C'était il y a longtemps. Tout va bien, maintenant, la rassura-t-il. Et il est probablement temps de se dire bonne nuit.

Parler à Jenna avait ouvert une porte cachée en lui, et il ignorait ce qui se trouvait derrière. Tout ce qu'il savait, c'était qu'il était vulnérable à présent, et il ignorait ce qui se passerait s'ils restaient ensemble une minute de plus.

Le regard intense de Jenna se ficha dans le sien. Elle se leva de son siège, lui captura le visage entre ses paumes et effleura ses lèvres d'un baiser léger avant de se rasseoir.

— Tout ne va pas bien, mais merci d'avoir partagé ça avec moi, dit-elle posément.

Sebastian était incapable de réagir ou de bouger.

— Pourquoi ne se sont-ils pas séparés ? reprit-elle. Pourquoi sont-ils restés ensemble alors qu'il était clair qu'ils ne s'aimaient pas ? Ce n'était manifestement pas pour ton bien.

Sa blessure était ancienne, mais le simple constat qu'elle venait d'énoncer le fit grimacer.

— Mon père aimait ma mère. Il était fou d'elle, même s'il savait qu'elle était maladivement infidèle.

Il avait révélé le plus douloureux de ses secrets de famille d'une voix égale, comme s'il partageait les nouvelles du matin.

— Elle était belle et charmante. La moitié des hommes de la capitale l'ont aimée à un moment ou à un autre. Mon père, lui, n'a jamais cessé.

— Ce n'est pas de l'amour, Sebastian. C'est autre chose. De l'obsession, du désir charnel, de l'addiction, que sais-je encore !

— Quel que soit le nom qu'on lui donne, ça a rendu mon père faible. Ça lui a enlevé son intégrité, son honneur et sa bonté, jusqu'à ce qu'il ne soit plus qu'une enveloppe ratatinée, prête à sacrifier et à abandonner son fils. Mes enfants auront mieux.

Même pour combler Jenna, il ne répéterait pas les erreurs de ses parents. Il allait briser ce cycle infernal.

— Je suis désolée de te dire qu'ils étaient malades, et désolée que leurs troubles t'aient emporté avec eux, mais ce n'était pas de l'amour. Et ce n'est pas la même chose non plus que ce qu'il y a entre nous.

Comment diable a-t-elle réussi à garder un tel niveau d'optimisme en étant soldat de la garde royale ? se demanda Sebastian.

— Tu en es sûre, Jenna ? Pas moi. Avant toi, je n'avais jamais franchi certaines limites. Aujourd'hui ? J'ai perdu le compte. Et avant moi, tu vivais la vie de tes rêves.

Elle émit une sorte de ricanement cynique.

— Tu parles ! J'étais un fantôme dans la vie de mes rêves. Comme tes parents l'ont été durant leur existence. Ce n'est pas assez, et ce n'est pas la même chose.

Sebastian admirait sa ténacité : elle cherchait sans relâche à lui remonter le moral.

— C'était mortifiant que tout le monde parle de mon père et de ma mère, et pas en bien, crois-moi ! On le traitait d'imbécile ; et elle, de salope. En fait, j'ai appris ce mot en entendant des ragots sur elle. À une époque, ils étaient le sujet de conversation le plus populaire de la capitale.

Après que la puérile tentative d'intervention de Sebastian s'était retournée contre lui, son père s'était consolé dans l'alcool et les jeux d'argent jusqu'à sa mort.

— Oh ! Sebastian…

C'était incroyable la quantité de compassion apaisante que Jenna pouvait mettre dans le murmure de son prénom…

— J'ai survécu, dit-il froidement – une façon de rejeter sa douceur, de s'en protéger. En fait, j'ai tiré profit de tout ça. J'ai démoli le manoir familial pour construire cette maison, et j'ai réussi dans ma carrière. D'une certaine manière, on peut dire que je suis reconnaissant à mes parents : grâce à ce qu'ils m'ont appris bien malgré eux, notre enfant ne vivra jamais ce que j'ai vécu.

Même si cela signifiait lutter toute sa vie contre le dragon qu'était son désir pour Jenna, ajouta-t-il, *in petto*. Même si cela signifiait lui demander de mener le même combat. Sebastian espérait qu'elle comprenait désormais pourquoi il devait en être ainsi.

12.

La Jenna « garçon manqué », celle qui avait toujours aimé courir et sauter avec ses frères bien plus que planifier des mariages imaginaires de princesses avec ses cousines, fixait Sebastian, planté debout devant le fauteuil où elle était assise.

Elle s'efforçait de mettre en relation ses révélations et leurs conséquences pour eux avec ses propres désirs et besoins. Était-il temps d'accepter que certains de ses rêves fussent déjà devenus impossibles ? Que, comme Sebastian l'avait dit, parce qu'ils étaient désormais liés pour la vie elle devait les mettre de côté ?

Bien qu'elle n'ait jamais douté que ses conséquences puissent être irrévocables, peut-être n'avait-elle jamais vraiment envisagé *réellement* sa situation. Sebastian ne lui offrirait pas la vie qu'elle s'était imaginée, mais elle soupçonnait à présent que cela avait plus à voir avec de vieilles blessures d'enfance qu'avec la valeur qu'elle avait à ses yeux ou la peur de l'engagement d'un play-boy.

Compte tenu de ces nouveaux éléments, peut-être pouvait-elle se contenter du fait qu'il avait promis de prendre soin d'elle et de leur enfant… Elle finirait par retrouver un travail, bien sûr, mais ce n'était pas rien qu'il ait proposé de subvenir à ses besoins et à ceux du bébé. La sécurité, même sans amour ni passion, était plus que ce que beaucoup de femmes dans sa situation pouvaient espérer. Leur arrangement ne serait pas conforme à la tradition du Prieuré, mais elle s'en était éloignée bien avant de rencontrer Sebastian. Et même si ses parent ne formaient pas un couple, il était clair que leur enfant ne manquerait pas d'amour.

L'amour… Même si Sebastian n'avait pas utilisé ce mot, ses actes prouvaient qu'il était capable d'en ressentir. Il avait apaisé toutes ses inquiétudes et ses tourments. À l'écouter, il s'occuperait de sa vie entière si elle le laissait faire ; si elle était prête à accepter ses conditions.

Mais l'était-elle ?

Il lui faudrait sans doute faire un pas vers lui, le rencontrer à mi-chemin.

Elle lui prit la main, et leur connexion se renforça encore.

Le désir incoercible qui l'avait animée lors de leur rencontre initiale dans la bibliothèque des d'Tierrza l'envahit de nouveau, encore plus fort : elle voulait cet homme, et il avait besoin d'elle pour qu'elle lui apporte douceur et lumière, pour tempérer l'obscurité de ses souvenirs par l'offre d'un avenir plus prometteur. Elle était la seule à pouvoir le faire. Elle avait finalement trouvé sa place dans ce monde, à condition qu'elle soit prête à faire des compromis. Et ici, dans cette bibliothèque isolée, avec Sebastian, loin des jugements, Jenna comprit qu'elle l'était.

Cet homme était complexe, tourmenté, mais tout le monde avait des problèmes ; le sien en ce moment était que le seul endroit où elle s'était jamais vraiment sentie chez elle c'était dans les bras de Sebastian Redcliff.

Et elle en avait marre de se battre contre cette évidence.

Ils avaient franchi trop de limites, subi trop de conséquences irréversibles. La seule chose qui restait à faire était de se pencher en avant et d'accepter la chute. Mais si elle devait tomber, elle l'entraînerait avec elle.

— Emmène-moi dans ta chambre, Sebastian.

Dans les yeux de Sebastian se reflétait une bataille intérieure féroce qu'il menait contre la force sans nom qui les attirait l'un vers l'autre. À son rictus crispé, on aurait pu croire que sa vie en dépendait.

L'air s'était épaissi autour d'eux, irrespirable. Jenna avait l'impression que le silence qui s'étirait lui serrait lentement la gorge.

Soudain, Sebastian poussa un juron et, lui prenant les bras d'un geste vif, la tira vers lui. Même si elle n'avait pas voulu, se lever de son siège, elle en aurait été arrachée tant la force qui émanait de Sebastian en cet instant était puissante, animale.

Puis il l'entraîna à sa suite dans le labyrinthe des couloirs.

Ils s'arrêtèrent devant une porte que Jenna n'avait pas encore franchie.

Sebastian en tourna la poignée, et Jenna faillit crier d'émerveillement et de stupéfaction.

Bien plus grande que n'importe quelle pièce du reste de la maison, sa suite était à la hauteur de la réputation d'hédoniste de Sebastian. Les murs étaient gris ardoise, ponctués de touches de blanc. Des tapis épais et doux recouvraient ici ou là le parquet couleur miel.

Mais c'était par le lit massif au baldaquin à la fois élégant et minimaliste que l'œil était immédiatement attiré. Ses lignes nettes, épurées, traduisaient un bon goût certain.

La literie était entièrement ivoire, avec une épaisse couette et un bataillon d'oreillers. Au pied du lit, une couverture noire et brillante était posée là comme une panthère de velours indolente. Le tout était puissamment érotique.

Des œuvres abstraites ornaient les murs, des taches d'encre sinueuses et des lignes tourbillonnantes suggérant des corps enlacés, des instantanés de plaisir.

Il ne faisait aucun doute que cette pièce avait été conçue

pour le sexe et, en même temps, elle aurait pu faire la couverture d'un magazine.

C'était une chambre à l'image de Sebastian.

Une charmante petite cuisine ouverte aux carreaux noirs et blancs jouxtait l'espace principal, comme si les activités pratiquées ici pouvaient conduire à un besoin de ravitaillement si urgent que le trajet jusqu'à la cuisine était impossible.

— C'est magnifique, dit Jenna dans un murmure.

Le regard de Sebastian s'embrasa et la parcourut des pieds à la tête.

— Je suis bien d'accord…

Ce compliment envoya une onde de chaleur dans son ventre. Elle défit sa tresse, les yeux rivés sur Sebastian, puis se débarrassa de sa robe. Elle nota une infime crispation de sa mâchoire. Il la fixait avec tant d'intensité que Jenna avait l'impression d'être la plus belle femme du monde.

Elle posa les mains sur ses épaules ; il posa les siennes sur sa taille, déclenchant des frissons d'électricité là où leurs peaux étaient en contact.

Sans le vouloir, il avait une fois de plus révélé son désir d'elle, et une fois de plus elle se livrait à lui. Comme chaque fois, Jenna avait le sentiment que c'était inévitable. Mais contrairement à ce qui s'était passé auparavant, elle savait cette fois-ci dans quelle tempête de feu elle se jetait – elle avait déjà fait face à ses conséquences irrévocables.

Sebastian n'avait fait aucune promesse, avait refusé de lui donner les assurances qu'elle exigeait, mais il s'était ouvert. Et il n'y avait plus de place, de temps, ni d'énergie pour jouer au chat et à la souris. Ils devaient s'unir, devenir les partenaires d'une même équipe. Leur enfant l'exigeait d'eux.

Les mots n'avaient pas d'importance. Les intentions, si.

Et l'intention dans ses yeux était aussi claire que

puissante. Peu importait qu'il soit entièrement vêtu, il était nu pour elle, soumis aux besoins et aux peurs qui le traversaient, à son envie d'elle ; il était vulnérable et détestait cela, renâclait, craignait de perdre pied à cause de ses propres émotions, mais il n'avait pas plus de contrôle que Jenna sur elles.

— Enlève tes vêtements !

Elle ignorait d'où venait la voix autoritaire avec laquelle elle lui avait donné cet ordre, mais toujours est-il qu'il obéit. Seigneur… Il avait vraiment un corps parfait de statue grecque !

Elle lisait dans ses yeux son désir de domination, qui ne demandait qu'à se libérer de ses chaînes. Son animalité se rapprochait de plus en plus de la surface, ce qui n'effrayait pas Jenna, au contraire : ce serait pour lui donner du plaisir…

Ils demeurèrent face à face un long moment, leurs regards soudés l'un à l'autre. Des énergies puissantes circulaient entre eux. Lorsque Jenna cilla, il bondit sur elle, la prit dans ses bras et la porta jusqu'au lit, où il la déposa avec douceur.

Jenna était prête.

Après avoir embrassé ses lèvres, ses joues et son cou, Sebastian se focalisa sur sa poitrine. Ses caresses, ses baisers, ses coups de langue et ses pincements légers transportèrent Jenna dans un univers parallèle de sensualité, où la luxure n'était plus un péché. Le corps arqué, elle gémissait de plaisir. Elle enroula les jambes autour de sa taille et l'attira plus près. Elle voulait être unie à lui aussi puissamment qu'elle voulait faire durer les préliminaires, jusqu'à ce qu'elle ne puisse plus supporter l'attente de l'extase et jouisse à nouveau dans ses bras.

Chaque geste, chaque frôlement, chaque caresse de son amant la poussait près de ce précipice. Jenna aurait voulu étirer le temps pour profiter de cette langoureuse montée du plaisir qu'ils n'avaient pas vécue lors de leur première fois. Elle voulait fondre, se reconstruire, puis fondre à nouveau, encore, encore et encore, avec lui, toute la nuit. Mais elle devinait aux réactions de son corps frémissant que ce ne serait pas aussi long qu'elle l'espérait.

Pourtant il y avait tant de choses qu'elle voulait encore lui faire, tant de parties de son grand corps si viril qu'elle devait encore toucher, goûter et sentir. Des images de ses fantasmes avec lui défilèrent dans son esprit et, excitée au plus haut point par ses caresses, Jenna ne put résister plus longtemps.

Sa raison l'abandonna, comme si son âme se volatilisait dans la pièce, tandis qu'elle criait son prénom. Elle sentit Sebastian trembler, puis il poussa un grognement animal, possessif et féroce.

Il se redressa et lui chuchota à l'oreille :

— Jenna, Jenna, Jenna… Je n'ai jamais dit que tu pouvais jouir !

Elle flottait dans une béatitude délicieuse.

— Je suppose que tu devras recommencer !

Les mots lui avaient échappé, prononcés par une partie d'elle-même qu'elle commençait seulement à découvrir.

— J'aime quand tu me tiens tête, déclara-t-il avec un sourire gourmand.

Sebastian était l'incarnation du sexe et du péché. Ses yeux luisaient d'un éclat de prédateur ; ils se promenaient paresseusement le long des plaines et des vallées de son corps. Toute cette force concentrée sur elle… Jenna pouvait à peine croire que c'était sa vie qu'elle vivait en ce moment.

— Tu as toujours ta culotte, nota Sebastian. Enlève-la !

Elle lui obéit et souleva les hanches pour la faire glisser. Le regard de Sebastian chauffait sa peau nue. La grossesse n'avait pas encore modifié sa silhouette, même si ses seins étaient plus pleins et plus sensibles.

— Écarte les jambes !

Encore un ordre. Et une nouvelle fois Jenna obéit. Il se passa la langue sur les lèvres. Cette vision fit palpiter le cœur de sa féminité. Sebastian ressemblait à un homme affamé devant un festin.

— Je vais te dévorer tout entière, Jenna.

Oh ! mon Dieu ! Cette promesse transforma son corps en brasier. Sebastian lui adressa un sourire diabolique, se plaça entre ses jambes et, avec délicatesse, posa les lèvres sur son sexe. Jenna ne put retenir un gémissement. Puis elle se laissa aller aux caresses expertes de la bouche de son amant.

Très vite, elle monta à des hauteurs vertigineuses. Sebastian dut le sentir, car sa main remplaça sa langue tandis qu'il repositionnait son corps sur le sien.

Lorsque l'extrémité de son érection se pressa contre son sexe, Jenna poussa un petit cri. Il la caressa lentement, frôlant son clitoris, la rendant folle d'impatience. Au-dessus d'elle, Sebastian était tendu. Son expression reflétait un mélange de douleur et de plaisir, mais aussi la force de leur passion.

Et puis, enfin, Sebastian leur donna à tous les deux ce qu'ils attendaient désespérément, ce dont ils avaient besoin plus que de l'air qu'ils respiraient. Il plongea en elle d'un grand coup de reins en prononçant son prénom. Ils fusionnèrent, et il ne leur fallut pas longtemps pour jouir ensemble. Une fois de plus Jenna eut l'impression d'exploser en morceaux que seul Sebastian serait capable de rassembler.

La déferlante qu'ils avaient vainement cherché à fuir s'était abattue sur eux et, bien qu'ils n'aient vraiment rien réglé – seulement compliqué les choses, en fait – et qu'elle ne sache pas ce qui les attendait, elle était en paix.

L'obscurité de la pièce n'oppressait pas Sebastian, qui n'était pas enclin à se faire des reproches après avoir si complètement et totalement perdu le contrôle. Il la ressentait même comme une étreinte pour leurs corps enlacés, aussi intime que celle dans laquelle il tenait Jenna. La respiration profonde et régulière de celle-ci lui indiquait qu'elle dormait.

Était-ce ce que ses parents avaient ressenti chaque fois qu'ils étaient retombés dans les bras l'un dans l'autre après une énième séparation dramatique ? Même si une voix sévère en lui l'affirmait – comme elle affirmait qu'il avait besoin de s'autoflageller afin d'expier –, il ne pouvait pas croire que c'était le cas. Il ne pouvait pas associer ses parents avec le sentiment de plénitude qui l'entourait.

Encore une fois, Jenna lui avait prouvé qu'il avait tort.

Même en sachant qu'il n'était que temporairement rassasié et que bientôt il la désirerait à nouveau, et intensément, il pressentait qu'il n'avait pas plus de risques de finir comme son père qu'il n'en avait eu avant de succomber à la tentation. Il se sentait même désormais davantage engagé dans l'avenir qu'il avait tracé pour eux trois. Il était absolument certain qu'avoir Jenna dans sa maison était ce qu'il y avait de mieux pour leur enfant.

La compassion de sa belle guerrière les avait guidés à travers ses propres peurs ; la raison de Sebastian les guiderait à travers celles de Jenna.

Plus confiant qu'il ne l'avait été depuis longtemps dans sa capacité à la persuader d'accepter sa vision de leur avenir, il s'endormit le sourire aux lèvres.

13.

Au réveil, à la lumière du jour, l'esprit de Jenna remarqua que ce qui avait été clair et certain la nuit précédente était à présent plus confus et plus trouble.

La veille au soir, dans la bibliothèque, le cœur et l'âme de Sebastian à nu devant elle, ses grandes peurs de petit garçon blessé lui avaient semblé si évidentes qu'elle n'avait pu s'empêcher de le réconforter. Seule dans son lit ce matin-là, cependant, elle se demandait si elle n'avait pas fait plus de mal que de bien.

C'était ce qu'elle avait ressenti lorsque, encore endormie, elle avait tendu le bras pour le toucher et avait constaté son absence. Était-il en train de remettre de la distance entre eux, d'annuler les progrès qu'ils avaient faits pour se sentir à l'aise l'un en compagnie de l'autre et être capables d'élever un enfant ensemble sans être un couple ?

À en juger par la façon dont elle s'était réveillée d'un coup à l'instant où elle avait compris que ses doigts caressaient le vide, elle craignait de connaître la réponse, hélas !

Jenna fut soudain prise d'une envie d'en avoir le cœur net, de traquer Sebastian et d'exiger qu'il lui fasse part de ses sentiments. Elle refusa d'y obéir. Au contraire, elle prit soin de se glisser lentement hors du lit. Ensuite, elle prit une douche rapide, enfila sa robe et quitta tranquillement la chambre. Si elle devait s'engager dans un nouveau champ de mines, ce ne serait pas dans la précipitation ni à bout de nerfs.

Mais au lieu d'un champ de mines, Jenna découvrit un somptueux petit déjeuner : un buffet garni d'une multitude de fruits, légumes, toasts, confitures, œufs, compotes… Les parfums étaient délicats, assez forts pour lui mettre l'eau à la bouche mais pas trop, ce qui aurait pu lui retourner l'estomac.

Sebastian l'accueillit avec un grand sourire. Il portait un simple T-shirt blanc sur un pantalon kaki léger et était pieds nus. Même si Jenna ne parvenait pas à mettre le doigt dessus, quelque chose avait changé en lui depuis la nuit précédente.

L'intimité de cette scène, qui n'était pas sans lui en rappeler certaines auxquelles elle avait assisté entre ses parents, rompit les fils effilochés de sa détermination. Sebastian ne semblait plus lutter pour contenir et cacher l'attirance qu'il ressentait pour elle.

Il avait l'air… heureux.

— Bonjour, Jenna. J'ai préparé le petit déjeuner.

Le gamin blessé caché en lui qu'elle avait entrevu la veille se montrait désormais en pleine lumière, désireux de lui faire plaisir.

Ça en valait vraiment la peine, réalisa-t-elle. Et elle resterait avec lui, même après la naissance du bébé. Était-ce vraiment un sacrifice si elle avait ce qu'elle voulait sinon en théorie du moins en pratique ? Leur enfant aurait une famille, même si elle n'était pas traditionnelle. Sebastian ferait un excellent père, et si la seule chose qu'elle devait sacrifier pour que tout cela advienne était le titre d'épouse, ce ne serait pas la mer à boire.

— Merci, dit-elle avec un grand sourire. Ça a l'air parfait, et je suis affamée.

14.

Sebastian profitait sans réserve du tableau qu'il avait sous les yeux.

Les longs cheveux bruns de Jenna étaient répandus sur l'oreiller ; son corps souple et musclé était détendu dans le sommeil. Elle respirait lentement et profondément, la tête dans le creux de son bras.

La regarder chaque matin emplissait Sebastian d'une paix incroyable. C'était devenu l'un des moments les plus précieux de sa journée.

— Je sais que tu me regardes, marmonna-t-elle.

Elle n'avait pas encore ouvert les yeux, mais il y avait un sourire dans sa voix ensommeillée.

— Je ne me lasserai jamais de me réveiller avec toi dans mon lit. Je mémorise chaque seconde, et pourtant j'en veux encore.

Les choses avaient changé entre eux depuis que sa résolution s'était effondrée, ouvrant de nouvelles possibilités. Sebastian avait pris le risque de montrer un peu plus de vulnérabilité face à Jenna, et la récompense avait été le paradis.

Il avait transféré son bureau principal à Redcliff et passait chaque moment libre avec Jenna. Tous les jours, ils cuisinaient et mangeaient ensemble, bavardaient et lisaient, faisaient de l'exercice et se promenaient ; et tous les soirs, ils s'endormaient épuisés.

Jenna était entrée dans son deuxième trimestre. Comme ses nausées matinales s'étaient aggravées, Sebastian était devenu aussi expert qu'elle dans la gestion des odeurs, des saveurs et des épices.

Leur bébé bougeait déjà dans le ventre de sa mère. Sebastian avait même l'impression qu'il dansait.

Il ne pouvait penser à aucune autre période de sa vie où il avait été plus heureux. Et bien qu'ils n'aient pas reparlé de l'avenir depuis cette nuit dans la bibliothèque où Jenna avait compris ses réticences à s'engager, il se réjouissait à l'avance de ce que les lendemains lui réservaient – avec Jenna, son travail et son enfant.

Elle cligna des yeux, les ouvrit, les plissa à cause de la lumière.

— Ton cerveau n'a-t-il pas des choses plus importantes à mémoriser ? Des codes secrets, des séquences de lancement, des renseignements nationaux inestimables…

— Voilà pourquoi je l'entraîne sur toi.

Elle sourit en rosissant, d'une manière douce et innocente alors qu'il avait déjà posé les mains sur elle de toutes les manières possibles – et qu'il voulait les y poser encore et encore jusqu'à la fin des temps. Il avait l'intuition que son désir pour Jenna ne cesserait jamais.

— Tu as bien dormi ? demanda-t-elle.

Sebastian secoua la tête.

— Non. Je n'ai pas eu une nuit complète de sommeil depuis que tu t'es installée ici. Je suis épuisé.

Jenna pouffa, bien qu'il n'ait dit que la vérité.

— Tu es incontrôlable.

Il ne prit pas la peine de le nier. Au lieu de cela, il attira sa main vers ses lèvres pour lui mordiller le bout des doigts.

— Et nous avons tellement de temps jusqu'à cet après-midi…

Jenna leva les yeux au ciel, mais ne retira pas sa main.

— Tu parles comme un duc décadent de la capitale.

— Je veux bien être décadent, mais Redcliff est plus loin de la capitale que ta maison.

— Tu étais toujours dans la capitale, le taquina-t-elle.

Sebastian haussa les épaules.

— Il y a plus de femmes en ville.

— C'est vrai, dit-elle d'une voix égale. Bon, je retourne dans ma chambre.

Elle balança les jambes hors du lit, mutine et sans gêne, même totalement nue. Son naturel lui coupa le souffle.

Jusqu'à ce qu'elle mette une main sur son ventre et gémisse.

Alors, reconnaissant les signes de sa nausée, il se redressa, guidé par l'envie puissamment possessive de s'occuper d'elle qui s'était développée en lui depuis deux mois – depuis qu'il avait cessé d'essayer de l'ignorer.

Il bondit hors du lit et lui apporta un de ses T-shirts les plus doux et sa culotte. Elle marmonna un remerciement en grimaçant. Il fut tenté de sourire et de plaisanter, mais il avait vite appris que quand Jenna était dans cet état, ce n'était pas une bonne idée. Ses nausées la faisaient souffrir et assombrissaient son humeur ; alors, il s'était attaché à la soulager. Après s'être renseigné, avoir interrogé Jenna, cherché sur Internet, tâtonné, il avait perfectionné leur début de journée – un petit déjeuner sur mesure en guise de remède. Il le lui préparait dès qu'ils arrivaient dans la cuisine, avant même de se faire un café. C'était devenu un rituel.

C'était la moindre des choses, à ses yeux, une manière détournée de lui montrer sa reconnaissance puisqu'elle assumait le fardeau physique de la grossesse. Même s'il ne pouvait pas donner à Jenna tout ce qu'elle demandait, Sebastian pouvait lui offrir ce dont elle avait besoin. Il pouvait prendre soin d'elle.

Au tout début de son séjour, dans la bibliothèque, elle lui avait fait comprendre que ce n'était pas lui qui était imparfait ou déficient, mais que cela venait de ses parents. Cela l'avait libéré d'un poids. Et poussé à construire une bulle où elle et leur enfant seraient en sécurité. Avec lui. Ensemble. Jenna serait une mère merveilleuse, et il s'assurerait qu'elle aurait tout le soutien nécessaire. Depuis deux mois, il s'efforçait de le lui prouver en actes, en l'entourant d'attentions et en étant aux petits soins avec elle.

Et, aussi étonnant que cela lui paraisse, il y prenait plaisir.

Après avoir bu un bol de thé, agrémenté d'une cuillère à café de miel, et mangé six biscuits au gingembre, Jenna se tourna vers lui, souriante :

— Je suis à nouveau humaine, déclara-t-elle.

Sebastian constata qu'en effet elle avait déjà meilleure mine. Il se pencha vers elle et l'embrassa sous l'oreille. Elle frissonna.

— Je suis heureux de l'entendre, dit-il.

Elle prit une longue et lente inspiration contre son torse. Sebastian comprit qu'elle humait son odeur, ce qui alluma instantanément un incendie dans tout son corps. L'attraction entre eux était renforcée et amplifiée par les effets secondaires de la grossesse. Le temps qu'elle expire, Sebastian était dur comme la pierre et prêt à la prendre sur l'îlot central de la cuisine.

Il était impossible que Jenna n'ait pas remarqué son état, mais elle n'en laissa rien paraître, sinon un léger tremblement de la voix lorsqu'elle prit la parole, désignant l'assiette de biscuits :

— Chaque matin, je suis à nouveau surprise de constater à quel point cela fonctionne. Sur Internet, on trouve une foule de remèdes de bonne femme qui ne font qu'aggraver les choses.

Sebastian continua à l'embrasser dans le cou.

— Je fais mes propres recherches, murmura-t-il, et je ne laisse rien au hasard.

— Non, ce n'est pas ton genre. Sauf pour la contraception, bien sûr, le taquina-t-elle.

— Comment puis-je être sûr que tu ne m'as pas piégé, douce Jenna ? répliqua-t-il, joueur lui aussi.

— Une fille comme moi, piéger un génie de l'espionnage ? Impossible, voyons !

Sebastian rit de bon cœur.

— Et pourtant, tu es toujours là. Qu'est-ce que ça dit d'une « fille comme toi » ?

— Bien des choses terribles, j'en suis sûre ! En fait, je n'arrive pas à me rappeler d'une bonne raison pour laquelle je reste ici en compagnie d'un tel play-boy, ajouta-t-elle d'un ton léger.

Il enveloppa son corps par-derrière, les bras enroulés autour d'elle, ses seins posés sur son avant-bras tandis que l'autre main restait libre de la caresser.

— Que puis-je faire pour te rafraîchir la mémoire ?

— Hum... laisse-moi réfléchir. Je dois penser comme un génie si je veux en affronter un. J'ai besoin d'informations. Dis-moi...

Elle s'interrompit dans un gémissement tandis que Sebastian jouait avec ses tétons durcis.

— Je veux savoir quelque chose qui pourrait te briser, reprit-elle, toujours joueuse mais avec une pointe de sadisme.

Sebastian se figea. L'air autour d'eux s'était épaissi. Son érection pulsait contre les fesses de Jenna avec une intensité nouvelle, celle de sa froide colère soudaine et de son désir de domination.

Ainsi, elle osait lui réclamer, avec désinvolture, de devenir encore plus vulnérable ?

Ainsi, elle osait lui réclamer un secret, une arme qu'elle pourrait utiliser le moment venu en cas de besoin, un peu comme les moyens de pression peu glorieux qu'il utilisait quotidiennement dans son métier ?

Ainsi, elle osait lui réclamer un peu de l'ombre qu'il portait comme une armure, tout en sachant ce que cela lui coûterait – il le lisait à présent ses yeux bruns, qui brillaient d'une lueur audacieuse ?

Un pieu à lui enfoncer dans le cœur, c'était le prix qu'elle lui demandait pour avoir consenti à des compromis.

Ainsi soit-il ! songea Sebastian.

Ses mains descendirent sur la peau nue de son ventre jusqu'à ce qu'il atteigne le bord supérieur de sa culotte. Il la fit glisser vers le bas.

— Aucun mari sur Terre n'a jamais désiré sa femme comme je te désire, susurra-t-il à son oreille. Je ne cesserai jamais de te désirer… Ce qu'il y a entre nous, Jenna, est bien plus profond qu'un dérisoire contrat de mariage.

Il cala Jenna contre l'îlot central, puis se positionna derrière elle pour la pénétrer. Plus bas, plus doucement, il lui avoua d'une voix rauque :

— Je n'ai jamais tenu à quelqu'un ou à quelque chose autant qu'à toi.

— Sebastian…, soupira-t-elle pour toute réponse.

Il avait l'impression de n'avoir jamais eu une érection aussi dure. Il sentait que Jenna était prête à l'accueillir, aussi gros soit-il. Dehors, une pluie drue s'abattait dans le parc. En une longue et douce poussée, il s'unit à Jenna. Dieu que c'était bon ! Cette fusion, ces va-et-vient à la fois doux et sauvages, c'était une autre façon de lui faire part de sa plus grande frayeur, de souligner autrement ce qu'il venait de lui avouer avec des mots : qu'elle avait le pouvoir de le blesser, aussi violemment que ses parents s'entre-déchiraient.

En gémissant et en frissonnant, Jenna recevait le pouvoir qu'il lui donnait un peu plus à chaque coup de reins.

— Sebastian ! cria-t-elle.

Puis l'orgasme la terrassa, le plus violent qu'il lui ait vu avoir. Jamais une femme ne l'avait ainsi retenu en elle aussi fort, jamais il n'avait eu cette sensation d'être aspiré, entièrement, avec tant de puissance et d'intensité que le plaisir l'emporta comme une déferlante.

Ils s'effondrèrent ensemble contre l'îlot, la respiration lourde, en sueur, comblés.

Jenna bougea la première : sa paume glissa lentement sur la surface brillante du marbre pour entrelacer ses doigts avec les siens et les serrer. Cette douce pression fit disparaître le nœud serré dans sa poitrine, et le petit garçon qui ne pouvait pas pardonner à son père d'être un idiot se détendit.

Il l'entoura de ses bras et la serra de nouveau contre lui, avant de se dégager doucement. Jenna poussa un petit soupir de protestation. C'était comme si non seulement leurs corps mais aussi des puissances supérieures protestaient contre la rupture de cette connexion primaire.

Lorsque son sexe toujours tendu fut dégagé de son exquise prison, Sebastian nota des traces de sang. Son cœur manqua un battement, puis repartit sur un rythme frénétique. La panique le gagna instantanément.

— Jenna ?

Elle dut percevoir la peur dans sa voix, car elle tourna vers lui un visage inquiet. Il lui montra le sang. Elle devint aussitôt livide. Elle mit une main entre ses jambes, et la remonta couverte de sang.

— Nous devons aller à l'hôpital, dit-elle d'une voix blanche.

Sebastian n'avait jamais vu une telle expression de frayeur sur un visage.

15.

Le trajet entre Redcliff et le cabinet du Dr Milano se déroula dans un silence tendu. Sebastian conduisait vite, les yeux rivés à la route détrempée, concentré.

Jenna avait un souvenir très net de la fausse couche de sa mère. Sa grossesse tardive avait été une bonne surprise pour toute la famille. À six ans, Jenna avait été excitée à l'idée de ne plus être la petite dernière. Sa mère avait été triste des semaines durant, elle toujours si gaie et enjouée.

Le Dr Milano avait assuré à Jenna que, bien que les fausses couches soient relativement fréquentes au cours des douze premières semaines de grossesse, ses nausées matinales de plus en plus fortes et le fait qu'elle avait passé le premier trimestre sans problème étaient des signes rassurants.

Elle était inquiète, bien sûr – même très inquiète –, mais avait confiance dans l'équipe de cet hôpital rural, où elle était venue au monde et dont elle connaissait chaque membre du personnel. Et puis Sebastian était là, désormais. C'était la première fois qu'il l'accompagnait, et Jenna aurait préféré que ce soit dans des circonstances moins dramatiques.

Le Dr Milano détendit un peu l'atmosphère en lançant, lorsqu'il rencontra Sebastian :

— Content de voir que cette grossesse n'est pas une

sorte de miracle. On ne sait jamais avec une femme comme Jenna !

Puis il la rassura tout en préparant l'échographie : cela lui semblait être un saignement de grossesse normal.

Pourtant, le cœur de Jenna battait furieusement dans sa poitrine, et une pression étrange y augmentait peu à peu. Elle se demanda pourquoi, puisque le Dr Milano pensait que tout allait bien. Puis elle comprit : elle était à l'hôpital avec le père de son bébé pour la première fois, et cela rendait réel le fait qu'ils allaient être parents, beaucoup plus que toutes leurs discussions n'avaient pu le faire.

Lorsque la pièce se remplit soudain du bruit du cœur de leur enfant, qui annonçait le début d'une nouvelle ère dans leurs vies, Sebastian se figea. Il semblait stupéfait et émerveillé, tout comme elle. C'était si fort de partager ce moment unique et inoubliable main dans la main !

— Si j'en crois ce que j'entends, ce bébé m'a l'air fort et en bonne santé, annonça le médecin en déplaçant la sonde sur le ventre de Jenna, le regard rivé sur le moniteur Ah ! Le voilà !

Le noir, le gris et le blanc granuleux de l'écran formaient de manière évidente une tête et un corps. Les membres apparaissaient et disparaissaient en fonction des déplacements de la sonde.

— Le bébé a l'air bien… Maintenant, trouvons le placenta… Nous y voilà ! L'attachement est fort, le cordon est épais, pas du tout emmêlé.

Les mots du docteur étaient assurés, réconfortants. Pourtant, Jenna les entendit à peine, le regard rivé sur le moniteur. Son bébé était magnifique, l'être le plus étonnant qu'elle ait jamais vu dans sa vie. Et en découvrant cette perfection, en entendant le battement de son cœur qui serait le rythme de sa vie entière, Jenna savait que ce qui avait été suffisant jusqu'ici – deux mois passés à jouer à la dînette et à faire l'amour – ne l'était plus, à présent.

En fait, quels que soient les traumatismes passés de Sebastian, malgré la volonté de Jenna de trouver des compromis, « suffisant » n'était même pas une notion acceptable.

Son bébé et elle ne méritaient pas seulement ce qu'ils pouvaient obtenir, mais ce que la vie pouvait leur offrir de mieux. Il était soudain clair dans son esprit qu'ils faisaient partie de quelque chose de plus grand qu'eux, qui les dépassait : l'histoire de l'humanité. Chaque âme y était liée aux autres, et constituait une sorte de miracle qui méritait que se réalisent ses rêves.

Elle ne pourrait jamais accepter de se contenter de « suffisant » pour son bébé, tout comme sa mère ne s'en était jamais contentée pour elle. Or, laisser les choses en l'état, avec un avenir ambigu pour seul horizon d'une situation floue, serait un renoncement ; pour elle, pour leur bébé, et même pour Sebastian.

Sous la lumière crue des néons de l'hôpital, avec dans les oreilles le galop frénétique du petit cœur qui battait en elle, Jenna comprit que la vraie question était de savoir combien de vie, de joie et d'amour elle pouvait faire entrer dans le court et précieux laps de temps durant lequel elle serait le monde pour son enfant.

Comme si des rideaux cosmiques s'étaient ouverts, la clarté inonda Jenna. Son bébé méritait une vraie famille. Elle-même méritait une vraie famille. Et son bébé méritait aussi une enfance riche, pleine de rires, de chaleur ; il méritait un ancrage dans une famille dont il pourrait être fier, une appartenance, un point de départ solide d'où il pourrait s'élancer pour se faire sa place dans le monde.

Tout ce qu'elle avait eu et qui avait fait d'elle la femme qu'elle était devenue.

Sebastian avait eu raison d'insister sur le fait que sa place était au palais, dans la garde royale, auprès de la reine. Il avait essayé de le lui dire, mais ce n'était que maintenant qu'elle y voyait clair. Elle s'était battue pour se faire cette place dans le monde, cela lui avait demandé du temps et des efforts. Se la construire avait en même temps construit sa personnalité. Le destin ne lui avait rien offert, il lui avait simplement fourni les outils et les circonstances. Et comme elle l'avait toujours su, mais semblait l'avoir récemment oublié, c'était à elle de poser les limites, à elle d'identifier ses règles morales et de s'y tenir. Elle devait faire ce qui était juste selon sa voix intérieure. Elle ne pouvait pas renoncer. Pas même par amour.

Après le tsunami causé par la peur de perdre son enfant, la lumière brillante du discernement s'était levée, et Jenna pouvait désormais voir exactement le désastre auquel elle était confrontée.

L'amour.

Un amour absolu, dévastateur.

Ce sentiment que Sebastian redoutait tant s'était faufilé jusqu'à Jenna, l'avait prise dans ses filets et l'avait convaincue d'oublier son intégrité aussi sûrement qu'il l'avait fait pour le père de Sebastian.

Mais elle avait appris.

Elle allait réparer les parties d'elle-même qui avaient été prêtes à accepter tout ce qui n'était pas l'expérience de vie idéale qu'elle voulait pour son enfant et elle, y compris les restes de ses peurs, de ses désirs, de sa solitude et de ses illusions.

Elle aimait Sebastian.

Mais elle ne pouvait pas l'avoir – pas avec le peu qu'il lui offrait. Si cela ne l'avait pas obligée à perdre de vue l'intérêt de la petite créature fascinante qui flottait sur l'écran, Jenna aurait fermé les yeux pour résister à cette prise de conscience.

En fait, c'était leur bébé qui lui donnait la force nécessaire de résister. La joie de partager ce moment avec Sebastian, une fois passée la menace du danger, n'avait d'égal que sa crainte de devoir s'éloigner de lui.

Hélas ! il ne pouvait pas leur donner, à son bébé et à elle, la vie dont ils avaient besoin.

Alors, Jenna rappellerait ses amis au palais et présenterait ses excuses. Elle retournerait à son poste parce que c'était sa passion et sa vocation, qu'elle n'était pas trop mauvaise dans sa spécialité et qu'elle l'aimait.

Et elle serait une mère phénoménale, tout comme la sienne.

Le Dr Milano les salua et sortit de la salle d'examen en leur proposant de prendre le temps qu'il leur faudrait pour se remettre de leurs émotions – une première échographie, ce n'était pas rien !

Sans un mot, Sebastian entoura Jenna de ses bras, l'enveloppant d'une chaleur bienfaisante. Mais elle ne devait pas se laisser anesthésier par ce confort. Elle avait une responsabilité envers son bébé – et envers elle-même. Sebastian subviendrait à leurs besoins pendant son congé, puis après en veillant à ce que leur enfant ait tout ce dont il pourrait avoir envie ou besoin. Elle n'avait pas besoin de vivre avec lui pour cela.

De toute façon, elle ne pouvait plus. Peu importait qu'elle le désire un peu plus chaque jour, peu importait que Sebastian la désire avec la même intensité, peu importait qu'ils semblaient avoir été « taillés dans la même pierre », comme le voulait avec une emphase poétique la tradition du Prieuré : ce qui comptait, c'était l'environnement et l'exemple qu'elle donnait à leur enfant. Le rôle de mère ne se limitait pas à répondre aux besoins fondamentaux.

Elle aimait Sebastian, désirait son amour en retour, mais que le destin l'ait ordonné ou non, elle ne pouvait pas transiger. Elle voulait qu'il l'aime suffisamment pour respecter la vision qu'elle avait de son avenir.

— Le bébé va bien, Jenna.

La voix de Sebastian la sortit de ses pensées. Il s'imaginait que son silence était dû au mauvais sang qu'elle se faisait pour le bébé.

Elle se tourna vers lui pour le reprendre :

— Non. Je…

Mais il l'interrompit d'un baiser. Alors, elle ressentit sa peur et son émerveillement, ainsi qu'un sentiment écrasant de possession ; envers elle, certes, mais aussi envers leur bébé. C'était aussi clair que s'il s'agissait de ses propres émotions. Si elle avait eu un doute sur le fait qu'il la chérissait, elle n'en avait plus, maintenant.

Elle aurait dû s'y attendre.

Sebastian n'aimait pas à la folie, n'était pas passionné. Il l'élevait sur un piédestal et entreprenait ensuite de décimer toute menace alentour. Ce serait ainsi qu'il se comporterait avec leur enfant.

Tout ce qu'ils avaient vécu ensemble depuis deux mois transpirait dans leur baiser – les émotions partagées, les conversations, les étreintes, les silences… C'était comme l'embrasser pour lui dire adieu.

Il s'écarta d'elle, les yeux fermés, comme s'il savourait le goût de ses lèvres. Alors, les larmes qui menaçaient de jaillir depuis de longues minutes coulèrent sur ses joues sans qu'elle puisse rien faire pour les retenir.

— Qu'est-ce qui ne va pas ? demanda-t-il, l'air inquiet.

— Je ne peux pas faire ça, Sebastian.

Sa voix se brisa. Il plissa les yeux, une expression d'incompréhension sur le visage.

— Faire quoi ?

— Ce truc fou entre nous. Ce n'est pas une famille pour un enfant. Nous devons arrêter. Je ne vivrai pas à Redcliff. Je ne veux pas jouer au papa et à la maman. Si tu ne veux pas construire une vraie famille, je trouverai un homme qui le souhaite.

Les traits de Sebastian se durcirent, tout comme sa voix lorsqu'il lâcha, implacable :

— C'est inacceptable ! Tu sais ce que je ressens pour toi.

Cette vulnérabilité affichée était un coup de poignard dans son cœur, mais Jenna ne céda pas.

— Je ne te reproche rien, Sebastian. Pas une seule fois je ne t'en ai voulu pour le naufrage qu'est ma vie depuis que tu y es entré. J'en prends la responsabilité. Je suis venue chez toi de mon plein gré. J'ai suivi tes règles de mon plein gré. C'est ma faute. Mais je m'arrête ici, et tu vas me laisser faire. Tu vas passer cette porte et attendre que je te contacte. Tu ne vas pas surveiller mes appels ni me faire suivre. Et si tu ne respectes pas ma volonté, il faudra en assumer les conséquences.

Jenna constata à quel point son discours déstabilisait Sebastian ; comme s'il sentait qu'il y avait quelque chose entre les lignes mais ne savait pas quoi, ni quoi en faire.

Son cœur se brisa pour lui.

Mais leur enfant ne méritait pas d'hériter des blessures de leur père. Et elle-même ne méritait pas d'en subir les conséquences. Ce n'était pas son travail de le sauver de lui-même. S'il la voulait, et s'il voulait la vie qu'elle lui proposait, c'était à lui de faire le travail.

— Je ne cesserai jamais de te désirer. Pourquoi n'est-ce pas suffisant ? demanda-t-il d'un ton glacial.

— Ce n'est pas ça, former une famille.

— Comment le saurais-je ? Je n'ai jamais rien connu d'autre.

— Je sais, Sebastian. Et j'en suis désolée pour toi. Mais nous sommes les maîtres d'œuvre de nos vies. C'est toi qui me l'as appris. Tu as tellement peur de répéter les erreurs de tes parents que tu t'es condamné à vivre une demi-vie. Tu dois changer si tu désires plus.

Jenna se doutait que les gens ne se sentaient pas souvent désolés pour un homme comme Sebastian Redcliff, mais s'il était trop stupide pour ne pas voir à côté de quoi il passait, elle ne pouvait pas l'aider.

— Ne t'inquiète pas pour moi, dit-il d'une voix glaciale. Je t'ai désirée dès que j'ai posé les yeux sur toi, Jenna. Je me moquais du milieu d'où tu venais, de qui tu étais. C'est plus que ce que le roi peut dire de la reine. Chacun appelle « amour » ce qu'il ressent, c'est une notion subjective, non ? Pourquoi ne peux-tu pas en faire autant avec ça ?

Elle ne pouvait pas lui permettre d'esquiver, de se glisser autour de ses défenses. Il y avait trop de choses en jeu.

— L'amour et le mariage, ce n'est pas seulement la passion physique et l'obsession. Cela va bien au-delà.

— Ce qu'il y a entre nous aussi ! Je t'ai déjà dit que tu étais unique, Jenna. Ce n'était pas un mensonge. Notre lien l'est aussi. Tu penses que c'est *normal* parce que tu as grandi dans ce contexte. Mais ça ne l'est pas, c'est l'exception !

— Notre enfant mérite une vraie famille, Sebastian. Et moi, je mérite d'être aimée.

— Aimée ? répéta-t-il, l'air sombre. Douce Jenna, je te possède corps et âme jusqu'à ce que tu ne puisses plus te rappeler si tu as déjà rêvé avant que j'entre dans ta vie… Je pensais qu'une fois étancherait ma soif de toi. J'avais tort. Aujourd'hui, j'ai besoin de ma dose de toi plusieurs fois par jour. Et la réciproque est vraie, non ?

L'amour n'est rien en comparaison de ce que je ressens pour toi. Tu penses que notre enfant a besoin d'une famille heureuse ? Très bien, mais ne te mens pas sur ce que tu veux, Jenna. Tu ne seras pas heureuse avec quelque chose d'aussi édulcoré que ce que tu appelles « amour » alors que tu pourrais m'avoir.

Malgré l'orgueil que reflétaient ces paroles, leur vérité la transperçait, l'empalait, se logeait dans sa poitrine, la condamnait à un avenir solitaire.

Non ! protesta fermement sa petite voix intérieure. *Tu n'es pas seule et ne le seras pas !* Elle aurait leur enfant, ses amis, sa famille. Elle aimait Sebastian, mais elle ne serait pas une martyre.

— Tu as tort, répliqua-t-elle, bravache. Je sais que tu es le seul pour moi. Une partie de moi le sait depuis le début. Mais la vie exige parfois des sacrifices. Et notre enfant vaut celui-ci. C'est tout ou rien, Sebastian. Je le mérite.

Il s'éloigna d'elle avec une grimace de douleur. Ses yeux glissèrent vers l'écran vide de l'échographe qui venait tout juste de leur donner la première image de leur enfant. Puis, voûté et raide comme s'il avait mille ans, il sortit de la pièce.

Il n'avait pas parlé, mais il lui avait donné sa réponse.

Jenna fixa la porte pendant une éternité, engourdie.

Lorsqu'il fut parti depuis assez longtemps pour que le tic-tac de l'horloge et le son sifflant de sa respiration soient devenus trop forts à ses oreilles, elle se mit le visage dans les mains et éclata en sanglots.

16.

Sebastian avait arrêté sa voiture au milieu de la route de campagne isolée, au niveau où elle bifurquait.

À droite, elle le mènerait à la capitale, où il pourrait se perdre dans le travail afin d'oublier quel genre d'homme il était. S'il prenait à gauche, il rejoindrait Redcliff, la maison qu'il avait passé les deux mois précédents à transformer en foyer avec Jenna.

Sa mère détestait Redcliff, qu'elle jugeait trop loin de la ville, trop haut dans les montagnes, trop pluvieux et trop brumeux. Jenna n'avait rien à voir avec sa mère, à l'exception d'une similitude : son étrange capacité à mettre un duc de Redcliff à genoux.

Sebastian avait juré qu'il ne serait pas comme son père. Il avait été si près de tenir parole… Puis il avait rencontré Jenna.

L'image de son visage déformé par la douleur lorsqu'il avait quitté la chambre d'hôpital était gravée dans sa mémoire, le narguant chaque fois qu'il fermait les yeux. Il se savait un homme froid, et voilà qu'il franchissait un nouveau palier en abandonnant la mère de son enfant alors qu'elle avait mis son cœur en jeu.

Sa paternité imminente lui donnait le vertige, surtout depuis qu'il avait vu et entendu son enfant.

À droite, sa vie dans la capitale, où il se faisait passer

pour un play-boy amateur de frasques en guise de couverture pour ses activités de renseignement.

À gauche, une vie de famille. La paternité. Voir son enfant grandir. Les promenades du soir et les matinées avec Jenna.

Il laissa échapper un ricanement. *Tu te trompes, Seb !* Tourner à gauche ne le rapprocherait pas d'un avenir avec Jenna. Si ça avait été aussi simple, il aurait déjà pris cette route. Seul le fait de lui donner ce qu'elle attendait de lui le rapprocherait d'un avenir avec Jenna. Seul le fait de chasser ses démons intérieurs la ramènerait à lui.

Il avait lutté toute sa vie pour ne pas ressembler à ses parents, se contrôlant strictement, filtrant impitoyablement ses émotions, et il n'avait fait que répéter leurs erreurs. Il s'était transformé en la créature impossible à aimer qu'il avait craint d'être dès sa tendre enfance ; et maintenant, cette créature était sur le point de tuer dans l'œuf sa propre famille, tout ça parce qu'elle ne pouvait pas gérer ses sentiments, ses peurs et ses obligations comme un adulte.

Le choix était clair quand il y pensait de cette façon : il n'y en avait pas. Se déchirer de haut en bas et laisser Jenna éclairer les recoins les plus profonds de son âme était la seule option. Affronter ses propres peurs pour lui donner ce qu'elle voulait était la seule solution.

Jenna était la mère de son enfant. Elle l'avait aimé malgré les barrières qu'il avait dressées pour l'en empêcher. Elle était celle qu'il lui fallait. Son corps et ce qu'il restait de son âme l'avaient reconnue bien avant son esprit, dont il était pourtant si fier. Ce même esprit que tant de gens autour de lui s'accordaient à qualifier de brillant résistait encore à s'avouer l'évidence que lui hurlait son instinct : il était amoureux de Jenna Moustafa.

Tu es un abruti, Sebastian Redcliff ! Tu t'éloignes comme un lâche au lieu de rester à ses côtés !

Aux côtés de la mère de son enfant… de la femme qu'il aimait.

Ce monologue intérieur détruisit le dernier rempart défensif qui se dressait entre lui et la vérité.

Il aimait Jenna.

Totalement et absolument.

Il l'avait aimée dès qu'il avait posé les yeux sur elle.

Sebastian remit le contact. Il ne tourna ni vers la capitale ni vers Redcliff. Il fit demi-tour et retourna à l'hôpital.

17.

Sortie de l'aile obstétrique de l'hôpital, Jenna errait dans les couloirs en cherchant la sortie, sans même essayer de cacher qu'elle avait pleuré. Elle se demandait si elle avait bien agi, si cela en valait la peine. Elle avait l'impression d'avoir le cœur brisé en mille morceaux.

Elle avait besoin d'air frais, de sortir.

Et de parler à Mina, songea-t-elle soudain.

Elle finit par trouver une porte qui donnait sur l'extérieur et, sous une avancée qui la protégeait de la pluie, sortit son téléphone et appela la reine de Cyrano. Mina décrocha avant même la fin de la première sonnerie.

— Jenna ! Attends, il faut que je nous connecte avec Hel ! lança joyeusement son amie avant même de lui dire bonjour.

Jenna ne se donna même pas la peine de protester. Elle sourit. Le son de la voix de Mina et son empressement à faire les choses bien étaient aussi apaisants pour son âme que la soupe au poulet de sa mère l'était pour son corps.

L'appel fut bref, comme si ses amies avaient perçu à quel point elle était fragile, mais il lui fit du bien. Elles régleraient les détails dans les semaines à venir, mais il fut décidé que Jenna retrouverait son poste à la garde royale et bénéficierait de son congé maternité et de la rémunération associée. Elle se dit qu'elle en aurait bien besoin maintenant qu'elle avait décidé de ne plus vivre avec Sebastian.

Jenna était face aux collines noyées par le brouillard qui masquait la route de Redcliff. Elle avança sous la bruine. Elle retrouvait le fil de son existence, mais prenait en même temps un nouveau départ. Elle inspira à pleins poumons en admirant ce paysage verdoyant qu'elle aimait tant. Les brochures touristiques vantaient les plages et les vignobles de Cyrano, les monuments historiques de sa capitale, mais Jenna, elle, leur préférait l'intérieur de l'île et la campagne.

Ses cheveux, sa robe et son manteau étaient de plus en plus humides, mais elle s'en moquait. Elle s'engagea sur la route qui menait à la ferme familiale. Personne n'avait répondu au téléphone lorsqu'elle avait appelé ses parents, mais elle n'habitait qu'à quelques kilomètres et même enceinte elle pouvait marcher. Ce ne serait pas la première fois, et elle trouvait trop déprimant d'attendre un taxi.

Jenna n'avait pas parcouru trois cents mètres, lorsqu'une voiture ralentit à sa hauteur. Elle reconnut aussitôt le bolide profilé de Sebastian…

La voiture la dépassa, puis s'arrêta un peu plus loin. La portière passager se releva. Une silhouette sombre en sortit.

Sebastian se tenait là, immense, solaire dans l'après-midi pluvieux malgré ses vêtements froissés et ses traits tirés. Une lumière intense brillait dans ses yeux. Il ouvrit les bras. Ils se fixèrent quelques secondes, puis Jenna courut vers lui et se jeta contre son torse en sanglotant. Il la serra si fort qu'elle pouvait à peine respirer – oh ! comme elle s'en fichait !

— Je suis vraiment désolé, Jenna. Je n'ai aucune excuse pour t'avoir laissée comme ça, ni pour ce que je t'ai dit.

J'étais un idiot. Je t'aime, Jenna. Il n'y a aucune autre femme que je choisirais dans le monde entier pour être la mère de mes enfants, aucune autre femme que je pourrais désirer autant, aucune autre femme en qui je pourrais avoir assez confiance pour passer le reste de ma vie avec elle. Reviens à la maison avec moi. Sois la mère de mon enfant. Sois plus que ça : deviens ma femme.

Le cœur de Jenna battait la chamade. Rêvait-elle ? Non, si elle avait rêvé cette scène, Sebastian aurait posé un genou à terre pour faire sa demande. Le vrai Sebastian ne ployait pas le genou.

Elle était donc dans la réalité.

Et dans la réalité, Sebastian Redcliff venait de lui avouer son amour. De la demander en mariage.

Oh ! mon Dieu...

Jamais elle n'avait été aussi heureuse.

— Oui !

Alors, ils s'embrassèrent, longuement, avec tant de passion que Jenna n'aurait pas été étonnée que de la vapeur s'élève de leurs corps trempés. Ce baiser chassa pour de bon ses craintes d'être trop ordinaire, trop pauvre et trop « Prieuré » pour trouver un jour l'amour. Il chassa ses craintes de ne jamais trouver sa place dans la capitale, de ne pas être assez bien pour ses deux meilleures amies, d'être trop terne pour le duc de Redcliff. Il chassa ses craintes le concernant, lui et son incapacité à aimer, à s'engager, à fonder une vraie famille en acceptant l'amour.

Ce baiser lui prouva que Sebastian l'aimait, certes, mais que c'était bien plus profond que cela.

Ils étaient les deux moitiés enfin réunies d'une entité qui existait de toute éternité.

Épilogue

Dix-huit mois plus tard

Zayn leva son verre. Drake et Sebastian trinquèrent avec lui, puis ensemble.

Le roi, le pirate et l'espion, réunis de manière informelle chez Sebastian, au bar du bord de la piscine, tandis que plus loin, sur l'herbe, leurs épouses jouaient avec leurs trois enfants.

Trois hommes puissants devenus amis, qui venaient d'officialiser la mise en œuvre de la dernière idée de Sebastian : mettre sur pied pour Cyrano une équipe de protection nationale à toute épreuve pour accompagner le pays vers un avenir brillant et moderne.

Le roi gouvernait. Le pirate, le duc Drake Andros, désormais le plus riche propriétaire terrien de l'île, était un ancien corsaire, marié à l'amour de sa vie, Helene d'Tierrza, la meilleure amie de Jenna. Il surveillerait les mers, un rôle essentiel pour une nation insulaire. Sebastian, lui, était devenu un architecte de renommée mondiale, incroyablement demandé, mais qui ne concevait que deux ou trois maisons par an. Derrière cette façade respectable, il continuait à diriger les services de renseignement de Cyrano.

Sebastian tourna la tête vers la femme de sa vie, qu'il aimait un peu plus chaque jour. Elle avait bouleversé son existence, fait de lui un homme meilleur, et surtout elle lui avait donné un héritier, un fils, Reynard, beau bambin joufflu d'un an maintenant.

Celui-ci babillait et jouait avec la princesse royale Elke Aldenia d'Argonia et la jeune Amira Andros, pataud et maladroit comme elles. Tous trois avaient le même âge à quelques semaines près, et leurs mères étaient les meilleures amies du monde. À tel point que la reine avait choqué le monde entier en choisissant ses deux gardes personnelles comme demoiselles d'honneur.

Le roi et la reine avaient célébré leur mariage en décembre ; la date avait été avancée pour tenir compte de la grossesse de la reine Mina. La cérémonie avait été tellement incroyable, magique et magnifique que cela avait lancé une nouvelle tendance : le mariage hivernal.

Et puis, un par un, les bébés étaient arrivés. Celui de la reine Mina, tout d'abord, puis celui d'Helene, en avance, et celui de Jenna, un peu en retard. Marchant dans les pas de son père plutôt que de sa mère, le petit Reynard n'était pas arrivé au petit matin, mais avait attendu que la nuit soit à son point le plus sombre pour faire son entrée dans le monde.

À ce moment-là, la maison imaginée et dessinée par Sebastian pour leur vie dans la capitale venait d'être achevée. Et Jenna et lui étaient mariés depuis quelques semaines.

La cérémonie s'était déroulée à Redcliff, par une belle journée ensoleillée de printemps.

Sebastian n'avait pas regardé à la dépense pour que cette journée reste dans toutes les mémoires. Chaque détail avait été pensé. Il n'avait rien voulu d'autre que la perfection, dans la disposition du moindre ruban de soie, de la moindre guirlande, dans la qualité des fleurs disposées partout, des dentelles, des mets et des vins…

Pour le plus grand plaisir de Jenna, les noces avaient

été imprégnées de chaleur et d'amour. Entourée des personnes qu'elle aimait le plus au monde, elle avait vu ses espérances les plus folles pour ce mariage surpassées.

La mère de Jenna avait confectionné sa robe. Helene, la reine Mina et ses belles-sœurs étaient ses demoiselles d'honneur. Sebastian garderait gravée dans sa mémoire pour toujours l'image de Jenna descendant l'allée pour le rejoindre au pied de l'autel.

Elle était sublime dans sa robe Empire en dentelle et satin, dont le décolleté en V profond mettait en valeur l'éclat chaud de sa peau et sublimait sa silhouette arrondie par la grossesse. Ses longs cheveux lâchés flottaient sous son voile, qui reposait sur sa tête à la manière de celui d'une dame médiévale – il avait également été confectionné par sa mère.

La reine Mina lui avait demandé la permission de partager une ou deux photos sur ses réseaux sociaux – elle comptait des millions d'abonnés dans le monde entier. Jenna avait accepté. Elle était si belle ce jour-là qu'un grand magazine international traitant de mariages les avait sollicités pour acheter des photos de la cérémonie en vue d'une édition spéciale.

Cette demande avait tellement embarrassé Jenna que Sebastian s'était gentiment moqué d'elle. Il lui avait expliqué qu'être devenue duchesse de Redcliff faisait d'elle *de facto* une créatrice de tendances. Elle s'y habituerait au fil du temps, mais il doutait qu'elle se sente à nouveau invisible.

Avoir bien plus d'attention portée sur elle ne la changerait pas, Sebastian en était persuadé. Elle resterait toujours son honnête et sincère Jenna, peu importait le nombre de personnes qui auraient le regard braqué sur elle, ses gestes, ses choix, ses déplacements… Lui serait toujours le méchant de l'histoire, et elle l'aimerait quand même.

Ce qui ne manquait jamais de le faire réfléchir.

Elle avait découvert un homme compliqué et sombre, et l'avait aimé malgré tout. Elle avait partagé sa lumière avec lui et l'avait autorisé à s'en gorger, encore et encore, généreuse, bienveillante. Et il en avait profité. Puis Jenna l'avait obligé à y regarder à deux fois. À s'interroger. À se remettre en question. À faire des choix.

Alors il avait choisi.

Il l'avait choisie.

Il l'avait prise, et il la garderait jusqu'à ce qu'ils n'existent plus tous les deux, et que le monde soit laissé à leurs enfants.

Un monde qu'il entendait préserver et protéger de toute menace, qu'elle soit politique, économique ou environnementale, afin que leurs enfants puissent en profiter comme Jenna lui avait appris à en profiter.

Sebastian fit tourner les glaçons dans son verre en cristal. Autour de lui, c'était un joyeux chaos, à présent. Zayn et Drake avaient rejoint les femmes. Tout ce petit monde riait et piaillait joyeusement.

Il but une gorgée, conscient de sa chance, conscient du miracle qu'avait été sa rencontre avec Jenna.

Ils avaient affronté leurs démons intérieurs, les avaient chassés et avaient fait cicatriser les blessures du passé qui handicapaient leur présent. Leurs enfants n'en hériteraient pas, et Sebastian était fier de cette victoire-là.

Il posa les yeux sur Jenna. Leurs regards se croisèrent, puis se rivèrent l'un à l'autre. Ils se sourirent. Dans celui de sa femme, Sebastian lut la promesse d'un bonheur éternel.

Oui, décidément, il était l'homme le plus heureux du monde.

Vous avez aimé *La garde et le duc* ?
Retrouvez en numérique l'intégrale de votre série « Garde royale » signée Marcella Bell :

1. *La reine de Cyrano*
2. *La capitaine captive*
3. *La garde et le duc*

L'assistante d'un Grec, de Carol Marinelli - N°4488

Être l'assistante de Galen Pallas durant six semaines ? Pour Roula, la proposition est d'autant plus tentante qu'elle admire l'homme d'affaires. Parti de rien, le génie de la high-tech a bâti un empire ! Seulement, même si tous deux ont grandi sur l'île grecque d'Anapliro, ils n'ont rien en commun. Sauront-ils marier leurs caractères pour collaborer comme il se doit, et surtout faire taire le désir qui brûle entre eux ?

Une innocente sous les projecteurs, de Melanie Milburne - N°4489

Jamais Elizabeth n'aurait dû accepter de se faire passer pour sa jumelle le temps d'un week-end dans le château de Crannochbrae, en Écosse. Qui croirait un seul instant qu'elle est une mannequin lingerie, elle, la timide bibliothécaire ? Face à Mack McDiarmid, le maître des lieux, elle se sent mise à nu. Aurait-il compris d'un seul regard qu'elle n'est pas celle qu'elle prétend ? Alors qu'elle devrait garder ses distances avec lui, Elizabeth se surprend à défier cet homme qui lui témoigne sa méfiance…

L'escapade d'une princesse, d'Annie West - N°4490

Un pion sur l'échiquier de la dynastie, voilà ce qu'est la princesse Ilsa d'Altbourg. Depuis toujours, elle accomplit son devoir royal, assume son rôle d'ambassadrice, dans l'intérêt de son pays et de ses sujets – mais sans jamais penser à elle. Or aujourd'hui elle a besoin d'échapper à ses responsabilités pour vivre, tout simplement. Aussi, quand Noah Carson, l'irrésistible milliardaire qu'elle vient de rencontrer, lui propose une croisière en sa compagnie accepte-t-elle de le suivre pour ce voyage sur les rives du désir…

La proposition d'un Irlandais, de Heidi Rice - N°4491

Embauchée par Conall O'Riordan pour organiser le mariage de sa sœur, Katherine écoute avec stupeur ses exigences. Et dire que durant leur séjour en tête à tête au château de Kildaragh, où aura lieu la réception, elle devra supporter cet homme tyrannique ! Résolue à ne pas se laisser distraire par son physique d'apollon et son aura de virilité, Katie fait son possible pour garder la raison et le contrôle de ses émotions. Car, elle le sait, on ne mélange jamais travail et plaisir…

Une tendre confession, de Julia James - N°4492

Enceinte. La nouvelle est un choc pour Alys, car le bébé qui grandit en elle est celui du sublime inconnu dans les bras duquel elle s'est abandonnée un soir de solitude... Sitôt qu'elle révèle par courrier son état à Nikos Drakis, celui-ci exige qu'elle l'accompagne dans sa villa grecque. Et sur place Alys doit se rendre à l'évidence : l'homme qui lui a fait perdre la tête l'attire toujours autant, même s'il ne lui cache pas son hostilité et son ambition de réclamer son héritier !

L'épouse de Jin Zhang, d'Andrea Bolter - N°4493

Créatrice de mode en herbe, Mimi aime depuis toujours Jin Zhang, le meilleur ami de son frère. Lorsque ce dernier a besoin de son aide pour sauver le label Haute couture de sa famille, il offre soudain à Mimi tout ce dont elle rêve : un travail *et* la chance d'être son épouse ! Si elle accepte avec bonheur cette union de convenance, Mimi ne peut s'empêcher d'espérer qu'elle évolue vers un mariage d'amour...

L'héritier d'Apollo Drakos,
de Jennifer Faye - N°4494

Par amour, Popi a accepté d'être mère porteuse pour sa sœur et son beau-frère. Hélas, quand les futurs parents disparaissent subitement, elle se voit obligée d'élever le bébé seule. En tout cas, c'est ce qu'elle croit jusqu'à ce qu'Apollo Drakos, l'oncle de l'enfant, vienne sur l'île de l'Éternité lui réclamer sa garde ! Malgré leur désaccord et pour le bien du bébé, tous deux tentent de s'entendre, tout en ignorant l'attirance qui grandit entre eux et qui pourrait mettre à mal ce fragile équilibre...

La tentation du Costa Rica, de Pippa Roscoe - N°4495

SÉRIE : *PRÉCIEUX HÉRITAGE* - 1/3

Pour hériter de la propriété familiale, Skye Soames doit retrouver... des diamants disparus ! Un défi qui la mène bientôt chez le milliardaire Benoît Chalendar, installé dans la forêt tropicale du Costa Rica. Celui-ci accepte de l'aider dans sa quête, mais à la condition qu'elle l'épouse ! Auprès de lui, Skye découvre une faune exceptionnelle, des cascades – l'aventure ! Et aussi le frisson du désir...

**La brûlure d'une vengeance,
d'Abby Green - N°4496**

SÉRIE : *NUITS D'ÉTÉ* - 2/2

Zachary Temple n'a pas oublié les grands yeux bleus d'Ashling Doyle, ni la façon dont elle a tenté de ruiner sa carrière. Quatre ans plus tôt, sans même le connaître, elle l'a humilié publiquement en se faisant passer pour l'une de ses conquêtes ! Aujourd'hui que le hasard l'a remise sur son chemin, il n'a qu'une envie : se venger d'elle. Mais l'attrait puissant qu'il éprouve pour Ashling l'invite à se demander s'il ne pourrait pas d'abord la mettre dans son lit…

Dans le lit d'un roi, de Maya Blake - N°4497

Voilà un an que le roi Lucca est hanté par la douce Delphine, qui a subitement disparu de sa vie et de son lit. Maintenant qu'il est parvenu à la retrouver, il espère la convaincre d'adhérer à son plan. Afin de faire oublier le scandale qui entoure la famille de Lucca, tous deux devront jouer ensemble la comédie de l'amour devant les médias avides de romance ! Et qui sait, en se rapprochant de Delphine, Lucca découvrira peut-être enfin la raison pour laquelle elle est partie…

**Le serment d'un été,
de Catherine George - N°4498**

Devant la loi, Alicia est toujours l'épouse de Francesco da Luca. Et dans son cœur aussi… Toutefois, elle sait à quoi s'en tenir : le bel Italien qui l'a envoûtée, huit ans plus tôt, n'existe plus. Il a été remplacé par un homme froid et arrogant qui l'a méprisée tout au long de leur vie commune, avant qu'elle décide de s'enfuir. Un homme qui lui demande, aujourd'hui, de revenir à Montedaluca pour régler une question d'héritage. Cette perspective glace Alicia, mais n'est-il pas temps, enfin, de faire une croix sur le passé et de rayer de sa mémoire le seul homme qu'elle ait jamais aimé ?